Carl Lueder

Gustav Geib: Sein Leben und Wirken

Carl Lueder

Gustav Geib: Sein Leben und Wirken

ISBN/EAN: 9783743620001

Hergestellt in Europa, USA, Kanada, Australien, Japan

Cover: Foto ©Raphael Reischuk / pixelio.de

Carl Lueder

Gustav Geib: Sein Leben und Wirken

Gustav Geib.

Sein Leben und Wirken,

dargestellt

von

Dr. Carl Lueder,

Privatdocenten der Rechte an der Universität Halle.

Leipzig,

Verlag von Wilhelm Engelmann.

1864.

Vorwort.

Irgend einer Erklärung oder gar Entschuldigung bedarf die Veröffentlichung der folgenden Blätter an und für sich nicht. Daß dem verstorbenen Geib ein seine gelehrte Wirksamkeit anerkennender und recapitulirender Nachruf gewidmet, daß seinen zahlreichen Verehrern eine Darstellung seines Lebens geboten wird, das erklärt sich aus der hohen wissenschaftlichen Bedeutung des Dahingegangenen ganz von selbst. Daß ich ihm einen solchen Nachruf zu widmen unternehme und seine Biographie zu skizziren versuche, ist ebenso leicht von selbst erklärlich aus meiner im Folgenden ausdrücklich ausgesprochenen, besonders hohen Verehrung für den Verstorbenen.

Wenn ich trotzdem meiner kleinen Arbeit ein kurzes Vor- und Rechtfertigungs-Wort voranschicke, so geschieht das zu ganz andren Zwecken, als um die Veröffentlichung des Folgenden an und für sich irgendwie ausdrücklich zu vertheidigen. Es geschieht vielmehr lediglich, um von vornherein zwei Fragen, die sonst möglicher Weise, wenn auch ohne genügende Berechtigung, an mich gestellt werden könnten, abzuschneiden.

1 *

Einmal nämlich könnte man mich zu interpelliren versucht sein, warum ich den nachfolgenden Nekrolog nicht, wie in solchen Fällen üblicher, in einer Zeitschrift, sondern als besondre Schrift erscheinen lasse. Diese Interpellation wäre ich nun zwar vollständig berechtigt mit Stillschweigen oder mit der Bemerkung zu übergehen, daß es billig dem Ermessen des Autors zu überlassen sei, in welcher, wenn nur anständigen, Form er seine Producte publiciren wolle. Ich will aber die Gründe, die mich zu einer besondern Publication veranlaßt haben, deshalb ausdrücklich angeben, damit nicht etwa Einzelne auf den Gedanken kommen, ich könnte, ganz unberechtigter Weise, diesen Nekrolog für eine so bedeutende Arbeit gehalten haben, daß ich ihn nur als besondres Buch habe veröffentlichen mögen. Ein solches Mißverständniß möchte ich aber auch bei den Wenigen, bei denen es etwa zu befürchten wäre, nicht aufkommen lassen. Denn so bedeutend auch der Gegenstand ist, auf den das Folgende sich bezieht, so groß auch die Liebe, mit dem ich ihn behandelt habe, und so entschieden ich in dieser Beziehung auf Anerkennung hoffe; so gering ist die Leistung meines kleinen Schriftchens selbst, welches nichts weniger als eine eigentlich wissenschaftliche Leistung seines Autors zu sein beansprucht, sondern vor dem Richterstuhle der wissenschaftlichen Kritik nur als eine durch persönliche Zuneigung und Werthschätzung hervorgerufene Gelegenheits- und Neben-Arbeit erscheint und erscheinen will. Die Gründe, die mich zu einer selbstständigen Veröffentlichung meiner Arbeit veranlaßt haben, bestehen vielmehr

im Folgenden: ich habe aus bestimmten Gründen einige
kleinere und weniger bekannte Werke Geib's wenigstens so
eingehend besprochen, daß das Ganze in dem von einer
Zeitschrift irgend in Anspruch zu nehmenden Raume nicht
wohl unterzubringen gewesen wäre. Ich hätte mir außerdem
bei der Veröffentlichung in einer Zeitschrift Verzögerungen
der Publication, und um so mehr gefallen lassen müssen, als
meine Arbeit in einer Nummer keinenfalls Raum gefunden
haben würde. Wenn ich aber schon eine bloße weitere Ver-
zögerung des Erscheinens dieses Nekrologes im Interesse
seines Gegenstandes zu vermeiden wünschte, so war ich,
ebenfalls meinem Gegenstande zu Liebe, noch viel weniger
geneigt, in eine getheilte und stückweise Veröffentlichung zu
willigen. Ich glaubte, und das ist mir besonders entschei-
dend gewesen, — überhaupt den Verstorbenen besser zu
ehren und außerdem noch Diesem oder Jenem, der sich für
ihn und den Besitz seiner Biographie interessirt, erwünscht
zu handeln, wenn ich die letztere in dieser selbstständigen
Form publicirte.

Die andre Frage, die möglicher Weise an mich ge-
richtet werden könnte, wäre die, weshalb ich denn jene
kleineren und im Verhältniß zu Geib's größeren Werken
unbedeutenderen Arbeiten so ausführlich, namentlich aber,
weshalb ich sie ausführlicher als seine beiden großen und
seine eigentliche Bedeutung enthaltenden Werke, nämlich die
Geschichte des römischen Criminalprocesses und das Lehrbuch des deutschen Strafrechts besprochen habe. Darauf
habe ich zu antworten, daß manche von Geib's kleineren

Büchern und Abhandlungen nicht so bekannt und anerkannt sind, wie sie es bei ihrem Werthe und reichem Inhalte verdienen. Es kam mir deshalb darauf an, wenigstens hegte ich den lebhaften Wunsch, auf diese kleineren Arbeiten die Aufmerksamkeit von neuem zu lenken und das Interesse an ihnen von neuem zu erwecken. Ob mir das gelungen, steht natürlich dahin. Wollte ich es aber wenigstens versuchen, so war ein etwas näheres Eingehen geboten; — während ein solches in Bezug auf die genannten größeren Werke, namentlich ein verhältnißmäßig ausführliches Besprechen derselben, — so groß die Versuchung dazu auch war, — nicht nur meiner Arbeit einen allzu großen, durch ihren Zweck und ihre Aufgabe nicht gerechtfertigten, Umfang gegeben haben würde, sondern auch in der That durchaus nicht erforderlich war. Denn jene größeren Werke Geib's sind in Aller Händen und allgemein bekannt und gewürdigt, und jedenfalls hieße es Eulen nach Athen tragen, wenn man die Aufmerksamkeit auf sie noch durch eingehendere Besprechung hinzulenken für nöthig halten sollte. So wünschenswerth ein näheres Eingehen also dort war, so überflüssig mußte es hier erscheinen.

Ich denke, daß auch dieser Antwort Jeder, der sie sich nicht schon selbst gegeben haben sollte, zustimmen wird, und wiederhole, daß dieser Blätter und meiner Arbeit einziger Zweck der ist, das Andenken des Verstorbenen zu ehren.

Halle, Ende Mai 1864.

Die Todesfälle, durch welche in den letzten Jahren die Reihen der die Rechtswissenschaft Pflegenden gelichtet sind, sind in mehr als gewöhnlichem Maaße schmerzlich gewesen, die dadurch entstandenen Lücken ungewöhnlich groß. Nicht daß die Zahl der in letzter Zeit verstorbenen Jünger der Rechtswissenschaft an und für sich besonders groß wäre; aber unter denen, die dahin gegangen sind, befindet sich eine unverhältnißmäßig große Anzahl von Koryphäen und Führern. Der erhabene Meister und Führer unser Aller, Savigny, — er wandelt erst seit wenigen Jahren nicht mehr unter den Lebenden. Wie er sind zwei gleichfalls Epoche machende, gleichsam zu einem einzigen Menschen verbrüderte Führer dahingegangen, die zwar nicht der eigentlich juristischen Schaar selbst angehörten, wohl aber mehr als Ein Mal als treue Bundesgenossen derselben sich bewährt und manches reiche Verdienst auch gerade um das Specialfach der Jurisprudenz sich erworben haben, — Jacob, Wilhelm Grimm.

Johannes Merkel, der, von Savigny's Genius ergriffen, von den Grimm angeregt und ermuntert, auf dem besten und sichersten Wege zu einer der hervorragendsten Stellen in unsrer juristischen Genossenschaft war, konnte nur den kleinsten Theil des von ihm in Italien gesammelten reichen Materiales verarbeiten. In der Blüthe der Mannesjahre ist er uns entrissen, und um mich der nur zu richtigen Worte seines Biographen zu bedienen, eine wahre „Fülle von Gelehrsamkeit, eine Beherrschung des gesammten Rechtsstoffes des Mittelalters nach allen Richtungen, sowohl nach der germanistischen wie nach der römisch-rechtlichen und canonistischen Seite hin, wie sie in einem Einzelnen nur selten wieder vereinigt werden dürfte", ist mit ihm zu Grabe gegangen.

Stahl, der geistvolle Denker, ist plötzlich und noch kräftig gestorben. Und von seinen Freunden Pernice, dem in unsrer Zeit hervorragendsten Kenner des Privatfürstenrechts, und Keller, dem großen, scharfblickenden Juristen, gilt dasselbe. Auf einem andren Gebiete der Rechtswissenschaft ist in der allerneuesten Zeit eine womöglich noch größere Lücke durch Richter's Tod entstanden. Ihm ist bereits der hochverdiente Günther wieder gefolgt, und ein wie schwerer Verlust der Bornemann's nicht bloß für das preußische Recht, sondern auch für die gesammte deutsche Rechtswissenschaft ist, wissen Alle, denen das ihm zu verdankende Wiederanknüpfen des preußischen an das gemeine deutsche Recht bekannt ist.

Kurz, einem Jeden, der rückblickend auf die in den letzten Jahren durch den Tod herbeigeführten schmerzlichen Veränderungen in dem juristischen Gelehrtenpersonal schaut, wird die große Anzahl von Todesfällen auffallen, die gerade Koryphäen der Rechtswissenschaft getroffen haben: das römische Recht, die Rechtsgeschichte, das deutsche Recht, das Staats- und Privatfürstenrecht, das Kirchenrecht, die Particularrechte, — alle diese Gebiete haben in jüngster Zeit einen oder mehrere ihrer vorzüglichsten Pfleger verloren.

Nur dem Criminalrecht war, obwohl gerade diese Disciplin

zur Zeit eine besonders große Anzahl ebensowohl von hervorragenden als auch von hochbetagten Gelehrten aufzuweisen hat, eine specielle Trauer bisher erspart. Ja, auf diesem Gebiete war es gerade die ältere Generation, die mit einer besondern Lebendigkeit und Fruchtbarkeit den Jüngeren voranleuchtete. Fruchtbarer fast denn je bewiesen sich der emsige Abegg und der unermüdliche Mittermaier. Heffter's Arbeitskraft hat nichts weniger als abgenommen, und noch viele andre Ältere wirken und schaffen rüstig fort, den Jüngeren schier zum Trotz. In besonders hohem Grade richtete sich aber, — namentlich was das materielle Strafrecht anbetrifft, — die Aufmerksamkeit auf zwei der älteren Criminalisten, theils wegen ihrer gediegenen Leistungen überhaupt, teils auf Grund einer speciellen Erwartung: außer Wächter war es Geib, dessen Forschungen auf dem Gebiete des materiellen Strafrechts die ungetheilteste und bewundernde Aufmerksamkeit erregten. Außer Wächter war es Geib, von dem die gelehrte wie die lernende juristische Welt das große Geschenk eines auch höheren Anforderungen genügenden Lehrbuchs der Strafrechtswissenschaft erwartete. Zwar hatten schon Beide Abschlagszahlungen auf dieses verheißene Geschenk, Wächter dasselbe vor nun fast 30 Jahren schon einmal ganz gemacht. Aber die Auflage ist bekanntlich längst vergriffen, und die Sehnsucht, mit der Alle eine neue Bearbeitung erwarten, ist bisher unbefriedigt geblieben. Geib hatte erst seit 1861 seine herrliche Gabe eines Lehrbuchs des deutschen Strafrechts der Gelehrtenwelt in Theilzahlungen dargereicht: 1861 erschien der erste, die Geschichte, 1862 der zweite, die allgemeinen Lehren des Strafrechts enthaltende, Band desselben, — zwei Bände, die zu dem Brauchbarsten, Werthvollsten und für die ganze deutsche Strafrechtswissenschaft Ehrenvollsten gehören, was je geschrieben ist. Mit einer fast ängstlichen Spannung, mit geradezu sehnsüchtiger Erwartung sah man dem Erscheinen des dritten Bandes entgegen, welcher dem speciellen Theile gewidmet sein sollte, — und um so gespannter und erwartungsvoller, als es bekanntlich ja gerade an genügenden und wahrhaft gründlichen Bearbeitungen des speciellen Theiles des Criminalrechts fehlt. Da wurden plötzlich und ohne jegliche eigentliche Vorbereitung die Harrenden anstatt durch die Nachricht von der Vollendung jenes dritten Bandes — durch die Kunde von Geib's Tode überrascht.

Geib gehört nicht mehr zu den Lebenden, sein jüngstes, großes Werk wird unvollendet bleiben, und auch den Criminalisten ist nun ihre besondre Trauer in reichem Maaße zu Theil geworden.

Es ist, als ob ein besondres Verhängniß die Beseitigung des eben angedeuteten Mangels einer genügenden Bearbeitung des speciellen Theiles des Strafrechts verhinderte. Mit Geib ist eine der vornehmsten Hoffnungen in dieser Beziehung zu Grabe gegangen. Wer weiß, ob und wann nun eine Bearbeitung dieses speciellen Theiles, — wenn Wächter sich nicht zu einer neuen Bearbeitung seines Buches entschließt, — erscheinen wird, die der, die wir von Geib erwarten durften, auch nur annähernd verglichen werden kann. Aber so groß und gerecht die Trauer der Criminalisten über das Unvollendetbleiben des Geib'schen Lehrbuchs auch sein mag, so ist sie es doch nicht allein, die die Gelehrtenwelt bei diesem Todesfalle ergreift. Geib war nicht nur der Verfasser eines unvollendet gebliebenen ausgezeichneten Lehrbuches des deut-

ichen Strafrechts; auch andre hervorragende und der deutschen
Wissenschaft zur größesten Ehre gereichende Werke verdanken wir
ihm; auch in andren Beziehungen stand er besonders geehrt da
unter den Männern der Wissenschaft, ja unter den Führern derselben, und selbst wo die Besten Dieser zusammensaßen, war sein
Platz nicht der letzte. Die große Zahl Derjenigen, die ihn Lehrer
nennt, wird das freudig bezeugen; und wenn Verfasser dieses,
obgleich er den Verschiedenen nie von Antlitz zu Antlitz gesehen,
nie ihn Lehrer in diesem Sinne nennen zu dürfen das Glück gehabt hat, dennoch Geib vor Andren als seinen Lehrer betrachtet,
weil er ihm, seinem Vorbilde, seinen Werken und Briefen in mehr
als Einer Beziehung überaus viel verdankt, und sich deshalb den
dankes- und verehrungsvollsten seiner Schüler gleichstellen zu
dürfen und zu müssen glaubt, — so dürfte es ihm nicht verübelt,
vielmehr nur als die einfache Erfüllung einer ihm obliegenden
Pflicht der Dankbarkeit ausgelegt werden, wenn er, vielleicht
tiefer als Andre von dem Heimgange des Meisters bewegt, diesem
einen kurzen verehrenden Nachruf zu weihen sich nicht versagen kann.

Sei es ihm zu diesem Zwecke gestattet, pio gratoque animo
ein (nicht zu umfängliches) Bild aufzuzeigen von dem nun been-
digten Leben des Verschiedenen. Daß in diesem Leben die wissenschaftliche Entwicklung und das wissenschaftliche Bestreben den
ganzen übrigen Lebensgang um- und durchranken und für den
Charakter des Gesammtlebensganges vom größesten Einfluß sind,
versteht sich von selbst. Denn wenn der wissenschaftliche Entwick-
lungsgang eines Menschen wohl nie ganz getrennt werden kann
von der Beschaffenheit und den Schicksalen des Ganges, den er
überhaupt durch's Leben zu thun hatte, so könnte das am aller-

wenigsten bei Geib geschehen. Denn er gehörte zu den Naturen, die gleichsam von Haus aus wissenschaftlich und zu wissenschaftlichen Zwecken construirt sind. Er war für den wissenschaftlichen Beruf entschieden prädestinirt, und sein ganzes Leben war, vom jugendlichen Alter an, vom wissenschaftlichen Hauche durchweht und von Begeisterung für die Wissenschaft beseeligt. Das ganze Leben des Mannes, bis in das Alter und den Tod, war in reinem Eifer und Streben nach Wahrheit, der wissenschaftlichen Arbeit und Erkenntniß gewidmet. Damit ist zugleich der Grundton seines Seins angegeben, der aus dem ganzen Folgenden wiederklingen wird.

Carl Gustav Geib wurde am 12. August 1808 zu Lambsheim in der Rheinpfalz Baiern) als das fünfte Kind des dortigen Gutsbesitzers Georg Valentin Geib und dessen Ehefrau Clementine, geb. Schäffer geboren. Von seinen Geschwistern sind ihm fünf, darunter ein Bruder, der Advocat in Zweibrücken war, vorangegangen. Zwei andre, ein jüngerer Bruder, der Forstmeister Rudolph Geib in Dürkheim an der Haardt, und eine ältere Schwester, die Wittwe des auch als Schriftsteller bekannten Freiherrn Lambert von Babo, welche jetzt in Weinheim an der Bergstraße lebt, sind noch am Leben. Auch der fast neunzigjährige Vater, jetzt ebenfalls in Weinheim wohnend, hat den Sohn überlebt. Die Mutter verlor Geib, als er selbst im Alter von 34 Jahren stand. Er wurde bis zu seinem 12. Jahre im elterlichen Hause in einer ebenso sehr den Geist als das Gemüth bildenden Weise erzogen und genoß dort namentlich den Unterricht seines Oheims, des Dichters und Literaten Carl Geib, eines in Jena unter Fichte ꝛc. gebildeten Mannes. Es scheint, daß durch diesen

Mann die erſten Keime wiſſenſchaftlicher Neigung und Richtung
in die Seele des Knaben gelegt ſind. Seinem Onkel verdankte
Geib den Geſchmack, den er ſchon früh an der ſchönen Literatur
fand, und die ebenfalls ſchon in jenem zarten Alter geweckte und
genährte Begeiſterung für das claſſiſche Alterthum, die ihn ſein
ganzes Leben hindurch beſeelte. Auch die körperliche Ausbildung
wurde nicht vergeſſen, und Geib war in Folge davon noch in
ſpäteren Jahren ein eifriger Jäger und ein ſehr tüchtiger Reiter.
Vom Vater hatte Geib die ſtrenge Gewiſſenhaftigkeit in Allem,
was er that, die Genauigkeit und Sorgfalt, die er auch bei dem
kleinſten Geſchäfte anwandte, die Liebe für äußere Nettigkeit bei
Einrichtung des Hauſes, den Einband der Bücher ꝛc. und die
ſchöne Handſchrift; von der Mutter das edle weiche Herz geerbt.
das der oberflächliche Beobachter zwar bei Geib's Neigung zu
kleinen Scherzen und unſchuldigem Necken nicht immer erkannte.
ihm aber doch unbeſtreitbar eigen war. Im Jahre 1820 bezog
der zwölfjährige Knabe das Gymnaſium zu Grünſtadt, deſſen
Schüler er bis zum Jahre 1824 blieb. Von da bis zum Jahre
1827 beſuchte er zuerſt das Gymnaſium, dann, ein Jahr, anſtatt
eines einjährigen philoſophiſchen Curſus auf der Univerſität, das
Lyceum zu Zweibrücken. Die ausgezeichneten Fähigkeiten und die
Strebſamkeit Geib's zeigten ſich ſchon auf dieſen Vorbereitungs-
anſtalten und trugen ihm Anerkennung und Auszeichnungen ein.
So erhielt er namentlich beim Abgange vom Gymnaſium als der
Beſte und Ausgezeichnetſte von 43 Schülern einen Ehrenpreis,
beſtehend in der großen ſilbernen Medaille nebſt Diplom.

Er war deshalb, nachdem er von früheſter Jugend an mit
Begeiſterung für die claſſiſchen Studien und mit heißer Liebe zu

der Wissenschaft erfüllt war und zugleich mit ernstem, strebsamen
Fleiß von früh auf gearbeitet hatte, wohlvorbereitet, sowohl an
Gesinnung als an Vorkenntnissen, als er im Herbst 1827 die
Universität bezog. Er ging zuerst nach München, wo er u. A.
Institutionen bei Bayer, Pandekten bei Mening-Ingen-
heim, Civilproceß ebenfalls bei Bayer und deutsche Rechtsgeschichte bei Maurer hörte. Von Ostern 1829 bis Michaelis
1830 studirte er dann in Heidelberg und hörte dort namentlich
zum zweiten Male die Pandekten (bei Thibaut) und außerdem
Naturrecht und Staatsrecht bei Zachariä, Criminalrecht, Criminalproceß und ein Criminalpracticum bei Mittermaier,
deutsches Privatrecht bei Morstadt und deutsche Geschichte bei
Mittler, welches Letztere ich deshalb hier miterwähne, weil
Mittler es war, der auf Geib's spätere Lebensschicksale besonders großen Einfluß hatte. Von seinen juristischen Lehrern war
es Mittermaier, der damals am anregendsten und einflußreich-
sten auf Geib wirkte. Denn wenn Mittermaier auch in den
späteren Jahren keinerlei Einfluß auf Geib und die von diesem
eingeschlagene wissenschaftliche Richtung übte, so war er es doch,
der den studirenden Geib am meisten ergriff und der namentlich
auch den Anstoß zu der später von Geib getroffenen Wahl seines
Specialfaches, des Criminalrechts, gegeben hat. Geib bewahrte
deßhalb seinem Lehrer Mittermaier eine dankbare und anhäng-
liche Gesinnung durch's ganze Leben und pflegte namentlich des
bei Mittermaier gehörten Criminalpractici als eines sehr an-
ziehenden Colleg's dankbar zu erwähnen. Das Wintersemester
1830—1831 studirte Geib in Bonn, wo er bei Walther
französisches Civilrecht hörte, machte dann sein erstes Staatsexamen

in München und erlangte im Juni 1831 in Heidelberg die juristische Doctorwürde. Beide Examina bestand er mit Auszeichnung:
es wurde ihm in beiden die erste Censur zu Theil.

Geib trat dann zunächst in die Praxis ein und practicirte
am Gerichte in dem unweit seiner Vaterstadt Lambsheim gelege-
nen Frankenthal. Doch schon im Herbst 1832 gab er seine dor-
tige Stellung auf, indem dem jungen talentvollen und kenntniß-
reichen Manne ein ebenso ehrenvolles als namentlich für seine
fernere Ausbildung vortheilhaftes und interessantes Anerbieten
gemacht wurde. Ein Freund von Geib's Eltern nämlich, der
Staatsrath von Maurer in München, der damals zum Mitgliede
der Regentschaft für den jungen König Otto ernannt worden war,
proponirte Geib, als Regentschaftssecretär mit nach Griechenland zu gehen. Geib schlug ein, und im November 1832 wurde
die Reise angetreten. Geib zählte dieselbe zu seinen angenehmsten
und interessantesten Lebenserinnerungen und kam gern im Gespräch
auf seinen Aufenthalt in Griechenland zurück. Aber nicht nur, wie
leicht begreiflich, höchst interessant war dieser Aufenthalt in Griechenland für Geib; er war ihm nicht minder lehrreich und nach
der fleißigen Benutzung der Universitätsjahre und der Beschäftigung in der bairischen Praxis eine fernere Vorschule, wie sie nur
Wenigen geboten wird. Daß Geib aber auch dieses Gebotene
mit Eifer und Energie nutzte, braucht wohl nicht erst bemerkt zu
werden. Er war thätig theils als Lehrer des jungen Königs, theils
als directer Mitarbeiter an dem neu einzurichtenden Staate, und
zwar als Ministerialrath im Justizministerio, wozu er schon im
Februar 1833 ernannt wurde. Außer dieser praktischen Beschäftigung war es noch der Verkehr mit den Philologen Ulrich,

Roß und Forchhammer, durch den der Aufenthalt in Griechenland ein höchst lehrreicher und fruchtbringender für Geib
wurde. Denn durch diesen Umgang, verbunden mit mannichfachen
Ausflügen an die classischen Puncte, wurde Geib's Neigung zur
classischen Philologie, der er und wir so viel verdanken, noch
mehr genährt und befestigt. Er blieb in Griechenland bis zum
Sommer 1834, wo er mit dem abberufenen Maurer nach
Deutschland zurückkehrte. Seine Stellung in Griechenland war,
wie sich aus dem Angegebenen schon von selbst ergeben hat, keine
einflußlose. Auch noch später von Deutschland aus war er nicht
ohne Einfluß auf die griechische Gesetzgebung, obwohl er einen
directen und eingehenden Einfluß auf die griechische Strafgesetzgebung an einer Stelle im Archiv ausdrücklich ablehnt.

Wie ernst und gründlich und mit wie strenger Pflichterfüllung
er aber die übernommene Stellung aufgefaßt und seinem Berufe
obgelegen, und wie überaus lehrreich und bildend der Aufenthalt
in Griechenland für ihn gewesen, dafür giebt namentlich auch die
literarische Arbeit, die, Geib's Erstlingswerk, eine Frucht dieser
Reise war, den Beweis. Es erschien 1835 (bei Winter in Heidelberg) die „Darstellung des Rechtszustandes in Griechenland
während der türkischen Herrschaft und bis zur Ankunft Königs
Otto I." Die 164 Seiten starke Schrift ist ein höchst interessanter
und lehrreicher Beitrag für die Kenntniß der ganzen Culturzustände
Griechenlands vor dem Regierungsantritt des Königs Otto. Und
gerade in unsrer heutigen Zeit finden wir wieder manches Ana-
logon und manche ähnliche Erscheinung wie in der damaligen
Zeit, — obwohl man allerdings nicht läugnen kann, daß bei
rasch veränderten Zeiten und Zuständen Geib's Schrift heute

nicht mehr das lebendige Interesse des Tages erregen wird, welches sie bei ihrem Erscheinen, wo das Interesse ganz Europa's für Griechenland ein eben so lebhaftes als allgemeines war, beanspruchen durfte. Doch für den Juristen wie für den Historiker wird sie immer von Bedeutung bleiben, — und was die Bedeutung ihres Verfassers anbelangt, so wird dieselbe schon durch diese seine Erstlingsschrift in bestimmten, Geib's ganze, nur später sich noch reicher entfaltende Weise scharf markirenden Umrissen angedeutet.

Die Anlage des ganzen Buches entspricht in ihrer klaren Disposition und gründlichen Bearbeitung ganz Geib's später erschienenem und zu besprechendem römischen Criminalproceß. Sie beruht auf dem sorgfältigsten Studium alles vorhandenen Materials. Das der Rechtsanwendung damals in Griechenland hauptsächlich zu Grunde liegende πρόχειρον τῶν νόμων, τὸ λεγόμενον ἑξάβιβλος von Harmenopoulos, das spätere Strafgesetzbuch und sämmtliche andre gesetzgeberischen Arbeiten sind wie alle einschlagenden Schriftsteller sorgsam benutzt worden. In geistreicher und belehrender Weise sind Parallelen mit römischen, germanischen und andren Rechtsanschauungen gezogen. Und was Geib bei dem Verfassen seines Buches besonders zu Statten kam, das war seine Stellung im Ministerio indem er die Mitwirkung aller Justizbeamten auf officiellem Wege in Anspruch nehmen konnte. „Es wurden namentlich", — vgl. pag. VI der Vorrede, — „sämmtliche Friedensrichter und Demogeronten aufgefordert, über den Stand der Rechtspflege in ihren respectiven Bezirken, über die hier etwa vorkommenden Gewohnheiten und Gebräuche, über deren größere oder geringere Allgemeinheit, Entstehung, Alter u. s. w. ausführlichen

Bericht an das Ministerium zu erstatten, zugleich aber alle schon in früheren Zeiten vielleicht schriftlich aufgezeichneten Gewohnheitsrechte demselben sofort in einer beglaubigten Abschrift einzuschicken. Und außerdem wurde denselben zu gleicher Zeit noch eine Reihe einzelner Fälle vorgelegt, um diese, mit Beiziehung der ältesten und erfahrensten Bürger, dem Herkommen ihrer Ortschaften gemäß zu entscheiden, und diese Entscheidungen dann, mit Angabe ihrer Gründe, ebenfalls vorzulegen." Daß trotz alledem nicht alle Fragen genügend entschieden werden konnten, gesteht Geib offen ein (p. VII u. VIII der Vorrede) und giebt auch außerdem, obwohl er trotzdem so Gutes geleistet, an mehr als einer Stelle seines Buches (vergl. z. B. Seite 64, 68, 95) das nachahmungswerthe Beispiel einer großen Bescheidenheit und des Gegentheils jeglichen Gelehrtendünkels und prahlerischer Selbstüberhebung.

Was den Inhalt dieses Buches selbst anbetrifft, so enthält es außer einer kurzen Einleitung in zwei Hauptabschnitten erstens die Schilderung des Rechtszustandes während der türkischen Herrschaft und zweitens des Rechtszustandes während der Revolution. Innerhalb der ersten wird in besondren Abtheilungen die Gerichtsverfassung, das Criminalrecht und das Civilrecht besprochen. Das letztere zerfällt wieder in drei Unterabtheilungen, von denen die eine dem Personenrecht (I. Eherecht. II. Väterliche Gewalt. III. Vormundschaft. IV. Adoption), die andre dem Sachenrecht (I. Eigenthum. II. Servituten III. Hypothekenrecht. IV. Erbrecht) und die dritte dem Obligationenrecht gewidmet ist. Als Anhang ist diesem ersten Hauptabschnitte eine kurze, aber höchst interessante und lesenswerthe Schilderung des Rechtszustandes der Mainoten bei-

gegeben. In dieser eigenthümlichen Völkerschaft erhielten sich nämlich, bei den abgeschlossenen, unzugänglichen Wohnsitzen und dem
wildmuthigen Charakter derselben, eigenthümliche Sitten und
der alte Glaube (Verehrung der olympischen Götter) so auch eigen-
und alterthümliche Rechtszustände lange Zeit. Namentlich blieb die
Blutrache lange herrschend. Die sonst so früh auftauchende Idee
des Wehrgeldes blieb den Mainoten fremd, und nur dadurch wurden die Familienkriege ausnahmsweise zuweilen beendigt, daß die
im Streit Liegenden die Entscheidung ihres Zwistes dem Urtheil
unparteiischer Schiedsrichter unterwarfen. Diesem schiedsrichter-
lichen Ausspruche pflegten sich die Parteien mit der Pönalclausel
zu unterwerfen, daß die sich nicht unterwerfende Partei verpflichtet
sein solle, auf Befehl der andren eine oder mehrere Mordthaten zu
verrichten, — welche in der That höchst auffällige conditio homi-
cidii faciendi Geib aus dem eigenthümlichen Charakter und Le-
bensverhältnissen der Mainoten sehr scharffinnig erklärt, so daß
wir uns nicht wundern dürfen, auch andre Rechtsgeschäfte, wie
z. B. die Bestellung einer dos, täglich unter dieser sonderbaren
Pönalclausel abgeschlossen zu sehen. Und ebensowenig können wir
uns darüber wundern, daß die griechischen Regierungen bei den
gegebenen Zuständen und den tiefen Wurzeln, welche in Folge
dieser Zustände das Institut geschlagen hatte, demselben nicht ohne
weiteres mit der ganzen Strenge des Gesetzes entgegentreten
konnte, sondern daß es vielmehr noch in einem ministeriellen
Rundschreiben aus dem Jahre 1831 heißt, daß die neuconstituir-
ten Gerichte von Maina die in Folge eines solchen Vertrages begangenen Verbrechen nicht nach der Strenge des Gesetzes verfolgen
sollten; und daß dasselbe Rundschreiben durchaus nicht mehr zu

thun als bittend und schmeichelnd von jener als einer unmoralischen bezeichneten Handlungsweise abzumahnen wagt.

Auch sonst sind die Rechtszustände in diesem, wie es scheint, von dem römischen Rechte nie berührten, ja überhaupt von Gesetzen kaum je belästigten Landstriche höchst eigenthümlich. Noch in dem oben erwähnten Ministerial-Rundschreiben werden die mainotischen Gerichte ausdrücklich autorisirt, bei ihren Entscheidungen nur die bestehenden Landesgewohnheiten zur Richtschnur zu nehmen. Besonderes Interesse für den Criminalhistoriker dürfte vielleicht noch die dort vorkommende Art des Scopelismus erregen.

Der zweite Hauptabschnitt theilt sich in drei Perioden, in die der Gesetzgebung der Nationalversammlungen, in die der Gesetzgebung Kapodistrias' und in die des Rechtszustandes seit dem Tode Kapodistrias' bis zur Ankunft Königs Otto I., und innerhalb dieser Perioden werden dann wieder ähnlich wie im ersten Hauptabschnitte die einzelnen Gebiete des Rechtes für sich besprochen.

Geib constatirt in der Einleitung etwas, was wenigstens zur Zeit des Erscheinens seines Buches noch neu oder doch vielfach verkannt und noch nicht scharf und bestimmt ausgesprochen war, daß nämlich nicht etwa mit dem Untergange des byzantinischen Kaiserthumes die praktische Bedeutung des römischen Rechtes im ganzen Orient aufgehört habe, sondern daß die Griechen im Gegentheil, im vollen Bewußtsein und mit der bestimmten Absicht, allem von den neuen Eroberern kommenden Fremden zu Gunsten der angestammten Sitten entgegenzutreten, am römischen Rechte festhielten; daß daneben aber, da ja ein vollständiger Stillstand in der Rechtsbildung nicht möglich, allmählich originelle, rein griechische, n i c h t dem türkischen Einflusse nachgebende Gewohn- heiten und aus diesen, wenigstens in Ansehung des Civilrechtes, ein eigenthümliches, n a t i o n a l e s g r i e c h i s c h e s R e c h t sich bil- dete, welches dann später, nach der Revolution, allerdings einem fremden, dem französischen Rechte sich z u n e i g t e.

Sehr interessant und lehrreich ist der Zustand der Gerichts- verfassung zur Zeit der türkischen Herrschaft dargestellt. Die höchst eigenthümliche geistliche Gerichtsbarkeit, beruhend auf dem Hasse des gemeinsamen Feindes, der Türken, die höchst beschränk- ten Appellationsinstanzen, die Herrschaft der schon erwähnten Harmenopoulos'schen Compilation, das sehr summarische münd- liche Verfahren, der sog. Beweis durch Excommunication (ἀπόδει- ξις δι ἀφορισμοῦ), der noch in die Proceßordnung Kapodistrias' vom Jahre 1830 aufgenommen wurde, — das Alles sind ebenso juristisch hochinteressante als über den Culturzustand jener Epoche und den so vielfach controvertirten griechischen Nationalcharakter sehr lehrreiche Aufschlüsse gebende, von G e i b ebenso gründlich als scharfsinnig dargestellte Erscheinungen.

Mit dem zuletztgenannten Beweise durch Excommunication verhielt es sich so (vergl. p. 18 und 19): wenn aus irgend einem Grunde vermuthet wurde, daß Jemand, den die Parteien selbst nicht kannten, über den Gegenstand eines Civilstreites Aus- kunft geben konnte und sein Zeugniß für die Entscheidung des Streites von Wichtigkeit war, so machten die Bischöfe den fragli- chen Fall in feierlicher Kirchenversammlung öffentlich bekannt und forderten einen Jeden, der über den Fall etwa Kenntniß habe, unter Androhung der Excommunication auf, an einem bestimmten

Tage zur Ablegung seines Zeugnisses vor dem Bischofe zu erscheinen, — ein Verfahren, welches nach Geib niemals seine Wir-
kung verfehlt haben soll und welches übrigens als noch wichtigeres
und in noch ausgedehnterer Weise im Criminalproceß ange-
wandtes Beweismittel vorkam.

Noch eine lange Reihe ebenso interessanter als über die
eigenthümlichen griechischen Anschauungen und Culturzustände reichen Aufschluß gebender Ausführungen begegnet dem Leser im weiteren Verlaufe des Buches. Nur beispielsweise sei hier aufmerksam
gemacht auf die dauernde, auch nicht durch Erreichung eines bestimmten Alters sich ändernde, der deutschen Geschlechtsvormund-
schaft wohl vergleichbare Bevormundung der Frauen; auf den
Familienrath, dem die Geschäfte der Obervormundschaft über-
tragen werden; auf die eigenthümlichen, hauptsächlich im nördli-
chen Griechenland unter den ja an und für sich sehr interessanten,
auch vielfach poetisch gefeierten Klephten übliche Art der Adoption,
die s. g. Anbrüderung (ἀδελφοποιΐα); auf das allmählich sich bil-
dende, aus dem türkischen Rechte (dem Koran) stammende Lehnrecht;
auf das Hypothekenrecht oder vielmehr den gänzlichen Mangel
eines Hypothekenrechtes; auf das von andern Rechten sehr erheblich abweichende Erbrecht, bei dem als Hauptgrundsatz der Vorzug
des Mannesstammes vor den Frauen gilt u. s. w. Besonders
ausführlich durchdacht und mit besonders gründlichen und feinen
Beurtheilungen griechischer Zustände und griechischen Nationalcharakters durchflochten ist das Criminalrecht dargestellt. Criminalrecht und Criminalproceß sind ja, wie Geib schon damals erkannt
hatte, vor anderen Disciplinen des Rechtes geeignet, auf die Entwickelung und Culturstufe, auf den ganzen Charakter eines Volkes

helle Schlaglichter zu werfen, und es mochte außerdem wohl schon
damals Geib zu diesem Zweige der Rechtswissenschaft sich besonders hingezogen fühlen. Es wird eine Übersicht über das häufigere
oder seltnere Vorkommen einzelner Verbrechen gegeben und aus den
Zuständen und dem griechischen Nationalcharakter sehr scharfsinnig
erklärt, warum das eine Verbrechen besonders häufig, das andere
auffallend wenig vorkommt; — so daß das Ganze wieder zur Beurtheilung des griechischen Nationalcharakters dient. So kommen bei
der großen Geschwätzigkeit der Griechen und mit dem Munde stets,
mit der That seltenem Bereitsein derselben Injurien sehr häufig
vor, jedoch meist ohne Consequenzen. Der Betrug ist sehr allgemein, — während Raub und Diebstahl eher selten als oft vorkommen. Am verbreitetsten aber sind die Verbrechen der Kindes-
abtreibung und der Päderastie. Beide sind ganz allgemein
in Stadt und Land verbreitet, und das erstere wird namentlich
nicht etwa von außerehelich Geschwängerten, sondern auch von ver-
heiratheten Frauen viel begangen.

Verhältnißmäßig sehr selten sind dagegen Tödtung und
Körperverletzung, einmal wegen der schon angeführten über-
großen Geschwätzigkeit der Griechen, in Folge deren es bei ihnen
auch bei der größten Erbitterung und Wuth nur bei Worten und
Schimpfreden zu bleiben pflegt, aber selten zu Thaten kommt; sodann weil bei den Bewohnern vieler Gegenden Griechenland's der
zur Begehung eines derartigen Verbrechens nöthige Grad von
Muth und Thatkraft fehlt; ferner wegen des selteneren Vorkommens
von Trunkenheiten, die ja so häufig die Quelle dieser Verbrechen
sind; und endlich wegen des Mangels einer andern ebenfalls häufig
vorkommenden Quelle von Mord, Todtschlag und Körperver-

legung. — Liebe zum andern Geschlechte und Eiferfucht. Die
griechifchen Frauen fchildert Geib als fo wenig begehrens- und
liebenswerth, ihre Stellung im Leben als fo untergeordneter Natur,
daß fie kaum je die Leidenfchaften der Männer erregen. Deshalb
die genannte gefchlechtliche Berirrung und noch eine Triebfeder
zu den zuletzt genannten Berbrechen weniger.

Ebenfo find felten Kindesmord und Kindesausfe-
tzung; Ehebruch; Brandftiftung, weil es, außer in ein paar
Städten, an Gebäuden fehlt, welche ein hinreichend werthvolles
unmittelbares Object diefes Delictes wären (das Anzünden von
Wäldern kommt um fo häufiger vor); und endlich auch, wie fchon
gefagt, abgefehen von den zum guten Theil unter andere Gefichts-
puncte fallenden Klephten und Piraten, Raub und Diebftahl.

Was die Criminalgerichtsbarkeit anbetrifft, fo konnte fich die
Competenz der Geiftlichen auf diefem Gebiete natürlich nicht fo
ausbilden wie auf dem des Civilrechtes, da hier nicht wie im Civilrechte von einem forum prorogatum die Rede fein konnte. Die
Bifchöfe waren nur für geringe Fälle competent, mit Ausnahme
des Patriarchen von Conftantinopel, welcher auch in Criminal-
fachen eine fehr ausgedehnte Gerichtsbarkeit, und wenn auch nicht
das Recht über Leben und Tod, fo doch — eine eigenthümliche
Art von Begnadigungsrecht neben der dem herrfchenden türkifchen
Bolke zuftehenden Gerichtsbarkeit, — die Befugniß hatte, einen
von den türkifchen Behörden zum Tode verurtheilten Griechen greifen und auf die Galeeren bringen zu laffen, in welchem Falle die
Regierung, nachdem fie hiervon auf officiellem Wege in Kenntniß
gefetzt worden war, nicht weiter das Recht hatte, fich in die Sache
zu mifchen.

Überhaupt bietet auch dieser Abschnitt über das Verhältniß der türkischen Behörden und der Türken zu den Griechen überhaupt des Interessanten und Lehrreichen gar viel. Näher darauf einzugehen, muß ich mir natürlich versagen.

Im zweiten Hauptabschnitte wird hauptsächlich hervorgehoben, daß sich nach dem Ausbruche der Revolution neben dem römisch-byzantinischen und dem nationalen Rechtsprincip noch ein andres, nämlich das französische zur Geltung brachte, wie ich schon oben andeutete: und der Grund dafür, — da es ja an und für sich auffallend erscheinen muß, daß die Griechen gerade zu den Zeiten besonders lebendigen Nationalgefühls nach einem fremden Rechte sich umschauten, — in der Überzeugung von der Nothwendigkeit eines Anschlusses an das übrige Europa gefunden. Hierin ist auch neben der Unzulänglichkeit des einheimischen Rechts (was Geib nicht mithervorhebt), ohne Frage der Grund zu suchen. Daß sich dann der Blick der Griechen gerade auf Frankreich lenkte, wird mit feiner Kenntniß und Beurtheilung der gegebenen Zustände ebenfalls vollständig einleuchtend erklärt (p. 109 u. 110). Übrigens gelang in jenen Zeiten der Revolution und der sich auf einander folgenden verschiedenen Regierungen natürlich nichts weniger, als das französische Recht in seiner wirklichen Gestalt einzuführen. Es wäre das auch bei ruhigen Zeitverhältnissen, wie die Zustände damals in Griechenland waren, nicht gegangen, wie das eine Beispiel beweisen mag, daß bei Reception des französischen Civilprocesses wegen Mangels des dazu erforderlichen Personals der ganze Stand der Anwälte weggelassen werden mußte. Ein Strafgesetzbuch, das ἀπάν ϑισμα τῶν ἐγκληματικῶν wurde von einer neungliederigen Commission in wenigen Wochen zu

Stande gebracht, entbehrt jeglichen allgemeinen Theiles und lei-
det an vielen andern augenfälligen Schwächen. Und nun der
revolutionäre Charakter der ganzen Epoche mit seiner ganzen Un-
gunst gegen Errichtung von Autorität und Gesetz!

Die Nationalversammlung war durch gegenseitiges Miß-
trauen und die fortwährende Spaltung der Militärpartei und der
Partei der Primaten, ohne alle Anerkennung, ohne alle Mittel,
ihren Verordnungen Nachdruck und Gesetzeskraft zu verschaffen. Kapodistrias, der, selbst ohne genügende juristische Kenntniß, bei der
Wahl seiner Rathgeber über Recht und Gesetzgebung sich nicht durch
deren Kenntnisse und Fähigkeiten, sondern lediglich durch ihre politische Parteistellung leiten ließ, wurde bald, namentlich als er an
die Stelle der bereits einigermaßen festen Fuß gefaßt habenden
französischen Rechtsgrundsätze italienische setzen wollte, ebenso un-
beliebt und verhaßt, als er früher beliebt und geehrt war. Das
den Planen und Gesetzen der Präsidentschaft bereitwillige und
freudige Entgegenkommen der Nation wandelte sich schnell in hart-
näckiges Widerstreben, in eine erbitterte Opposition. Dadurch kam
es wieder zu einer Unmöglichkeit der Gesetzesanwendung und zu
— einer völligen Gesetzlosigkeit.

Nach der Ermordung Kapodistrias' wurde es womöglich noch
schlimmer: das Ansehen der Gesetze sank immer tiefer, Gewalt
der Waffen und Parteileidenschaft traten an seine Stelle. Ja, in
Folge äußerster Parteileidenschaft, in Folge des blinden, nichts
Anderes beachtenden Parteistrebens, nur den Einfluß des politischen
Gegners zu lähmen, möge das Land darunter leiden, wie es wolle,
kam es schließlich Anno 1832 zu einer unerhörten Verordnung,
durch welche die sämmtlichen Gerichte des Landes förmlich auf-

gehoben wurden. Alle bei denselben angestellten Beamten wurden ihres Dienstes entlassen, — und wie früher bloß die Anwälte, so wurden jetzt vollends die Richter abgeschafft!

So waren die Zustände, mit denen sich der zweite Haupt= abschnitt von Geib's Buche beschäftigt, wirr und unerfreulich und unfruchtbar im höchsten Grade, so daß dieser Abschnitt von Geib verhältnißmäßig kürzer behandelt ist und auch hier zur Ge= nüge besprochen sein mag. So waren die Zustände, als König Otto I. anlangte, bis zu dessen Ankunft Geib seine Darstellung führt.

Mit gespannter Erwartung blickte Europa auf die Ankunft des Monarchen. Alle wünschten Änderung der traurigen Zustände durch diese Ankunft. Die Einen erwarteten sie, die Andern ver= zweifelten an ihr; und lebhaft wurden die Controversen geführt, welche Wege die Gesetzgebung einschlagen müsse, um Heil und Besserung herbeizuführen. Auch Geib schließt (p. 146) mit einer Andeutung über den in dieser Beziehung einzuschlagenden Weg und mit einer einigermaßen kräftigen Bemerkung gegen den anders urtheilenden Thiersch.

Seit jener Zeit und jenen Erwartungen sind jetzt mehr als dreißig Jahre verflossen. Das Bild hat sich längst geändert — und andre Zeiten, andre Erwartungen. Und doch in dreißig Jahren lassen sich die furchtbar sich rächenden Folgen einer langjährigen Fremdherrschaft, andauernden Revolutions= und Partei=Getriebes und tiefgehender Untergrabung der Achtung vor dem Gesetz nicht wegwischen. So sind auch heute die in Bezug auf den griechischen Staat zu hegenden Erwartungen noch banger und zweifelhafter Natur; so sind auch heute die Zustände noch unbefestigt und be=

klagenswerth und bieten, ob sie sich auch hier und da gebessert haben, nicht nur äußerlich, sondern auch innerlich manche Ähnlichkeit mit dem Jahre 1832 dar. Wieder ist, wie damals, während Parteiwesen und Parteileidenschaft im Lande wüthen, ein neuer, ein ganz junger König in Griechenland ans Land gestiegen. Auch er wurde mit Begeisterung empfangen, — hat aber schon manchen Strauß und manche harte Stunde zu bestehen gehabt. Wird es ihm gelingen, geordnete Rechtszustände wieder einzuführen, dem Lande in allen seinen Provinzen Ruhe und Frieden und Sicherheit zu geben, durch eine weise Gesetzgebung Achtung vor dem Recht und Befolgung des Gesetzes wiederhervorzurufen? Wird er im Stande sein, das nun von ihm beherrschte Volk wieder zu heben und zu kräftigen und einen neuen Hauch frischen geistigen und moralischen Lebens der Nation einzublasen?

Wer möchte diese Fragen zu beantworten sich erkühnen! Jedenfalls enthält auch für den über sie Nachdenkenden Geib's Buch, ob es sich gleich zunächst auf andere Zeiten und andere Zustände bezieht, manchen unverlornen Fingerzeig. Das gilt namentlich von den darin vorkommenden Andeutungen über den Nationalcharakter der Griechen, der ja für die wirkliche Gestaltung der Zukunft des Landes ein überaus wichtiges Moment und deshalb auch viel besprochen und vielfach verschieden beurtheilt ist.

Möge es deshalb bei der nicht zu läugnenden Wichtigkeit von Geib's Arbeit auch für diesen Punct und bei dem großen Interesse, welches derselbe auch in unsern Tagen wieder erregt, gestattet sein, auch auf diese Seite seines Werkes über den Rechtszustand in Griechenland noch mit ein paar Worten einzugehen.

Mit Recht hebt Geib p. 73 hervor, daß das häufigere oder

seltnere Vorkommen der einzelnen Verbrechen, wenn auch nicht der einzige richtige und sichere Maaßstab, doch wenigstens ein sehr wesentlicher Beitrag zur gehörigen Beurtheilung des griechischen Nationalcharakters ist.

Dieser Nationalcharakter nun, sagt Geib p. 73, „ist bald aus politischem oder antiquarischem Enthusiasmus über Gebühr erhoben, bald, und gerade in unsren Tagen, aus Unkenntniß und Unfähigkeit der Beurtheiler, bisweilen sogar noch aus verwerfliche-ren Motiven, oft so hart und lieblos beurtheilt worden. Während nämlich in den Zeiten des Befreiungskampfes gegen die Türken das ganze christliche Europa in dem griechischen Volke die edelsten und durch ihr Unglück noch anstaunungswürdigern Nachkommen der alten Hellenen bewundern zu müssen glaubte, und jeder Rei-sende, der seine Verehrung für den alten classischen Boden an den Tag legen wollte, in diese Bewunderung aus allen Kräften ein-stimmte, scheint es jetzt seit einiger Zeit Mode geworden zu sein, diese nämlichen Griechen in dem gehässigsten Lichte, als die rohe-sten Barbaren, als eine Schaar von Räubern, Dieben und Mör-dern darzustellen, wo jede Sicherheit des Eigenthumes und der Person verschwunden sei, und namentlich jeder Fremde in dem fort-während Kampfe gegen die Eingeborenen des Landes täglich Gut und Leben auf's Spiel zu setzen habe." Geib erklärt nun (p. 74), zwar durchaus nicht geneigt zu sein, in jene unbedingten Lobeserhebungen und Ausbrüche eines übertriebenen Enthusiasmus einzustimmen; verwirft aber noch bei weitem entschiedener die letz-tere Ansicht als falsch und unrichtig.

„Wenn man nämlich", — fährt er p. 74 fort, — „bedenkt, daß das griechische Volk Jahrhunderte hindurch in dem tiefsten

Elende und der entwürdigendsten Sclaverei schmachtete, daß ihm jedes Mittel zur Ausbildung während dieser Zeit geraubt, und durch die Unmenschlichkeit und Verbrechen, welche seine Unterdrücker sich fortwährend gegen dasselbe erlaubten, es gewissermaßen selbst zur Begehung von Verbrechen aufgefordert und oft beinahe gezwungen worden ist; wenn man berücksichtigt, daß dieses Volk eilf Jahre hindurch fast ununterbrochen in verzweifeltem Todeskampfe gegen seine bisherigen Herren kämpfte, in blutigem Bürgerkriege und endlich beinahe völliger Anarchie lebte; und wenn man hinzusetzt, daß alle jene Einrichtungen der Polizei, Untersuchungsbeamten, Strafgefängnisse u. s. w., welche in dem übrigen Europa sich finden, in diesem Lande niemals existirt haben, ja daß zuletzt noch die Regierung selbst durch einen förmlichen Beschluß vom Jahre 1832 sogar alle bisherigen Gerichte feierlich aufhob, und somit gesetzlich Jedermann die Befugniß ertheilte, ohne Furcht vor Strafe, jede Handlung, jedes beliebige Verbrechen verüben zu können: so muß man freilich zugestehen, daß die Richtigkeit jener Ansicht von einer gänzlichen Verwilderung und moralischen Verderbtheit des griechischen Volkes allerdings natürlich und als eine fast nothwendige Folge dieses Verhältnisses erscheinen mag; allein gerade um so auffallender und beinahe unbegreiflich ist es auch gewiß, wenn man bei genauerer Prüfung findet, daß in Griechenland, im Vergleich seiner Volkszahl, nicht nur nicht mehr, sondern umgekehrt sogar ungleich weniger Verbrechen begangen werden, als in irgend einem andern Lande von Europa. Die seit der Regierung König Otto's in dem Regierungsblatte officiell bekannt gemachten Criminaltabellen liefern, durch die flüchtigste Vergleichung mit ähnlichen Tabellen anderer Länder, hierüber den augenfälligsten Beweis; und gewiß würde früherhin eine solche Vergleichung noch bei weitem mehr zum Vortheile Griechenland's ausgefallen sein, als dieses jetzt der Fall ist, wo namentlich durch die Auflösung der Palikaren und die Brodlosigkeit und Verzweiflung derselben wenigstens eine Art von Verbrechen, der Straßenraub, ungemein vermehrt worden ist."

Obgleich nun auch in dieser Beziehung die Zustände besser geworden sind, fehlt es bekanntlich noch immer nicht an Solchen, welche diejenige der beiden oben genannten extremen Ansichten verfechten, welche dem griechischen Nationalcharakter so überaus abhold ist. Mit Recht verwirft Geib dieses Extrem, und er trifft ohne Frage im Wesentlichen das Richtige, wenn er auch hier die Wahrheit als in der Mitte liegend bezeichnet. Sollte er sich aber nicht der entgegengesetzten allzu günstigen Anschauung mehr als richtig nähern? Aus mehr als einer Stelle des Geib'schen Buches scheint das hervorzugehen. Vielleicht hat auch er seinen griechischen Aufenthalt und was er während desselben erlebt und gesehen mit zu großer Vorliebe betrachtet und auch er sich durch den classischen Boden, auf dem er wandelte, zu einem zu günstigen und liebevollen Urtheile verleiten lassen. Wenigstens dürfte sich aus dem seltneren Vorkommen gewisser, — oben genannter, — Verbrechen kaum ein Grund für eine besonders günstige Auffassung des griechischen Nationalcharakters herleiten lassen. Denn wenn auch zugegeben werden soll, daß das häufigere Vorkommen einzelner Verbrechen nicht einen Schluß auf eine Verderbtheit des griechischen Nationalcharakters, wenigstens nicht im Allgemeinen, sondern höchstens gewisser Seiten desselben zuläßt; so würde andererseits dieser Nationalcharakter zu günstig beurtheilt werden, wenn

man — obwohl Geib (p. 75 und 93) dazu geneigt zu sein
scheint, — aus dem seltenen Vorkommen gewisser anderer Verbrechen auf einen besonders lautern und edlen Nationalcharakter
schließen wollte. Denn es sind nicht, wie auch aus Geib's eige-
ner Darstellung hervorgeht und er p. 76 selbst zugiebt, edle,
tugendhafte Motive eines reinen Volkscharakters, sondern nur
äußere Umstände und Verhältnisse und Zufälligkeiten der Grund,
weßhalb gewisse Verbrechen auffallend selten begangen werden.
Ja, oft kommen gewisse Verbrechen deßhalb so selten vor, weil
andre Delicte so häufig sind und die erstern überflüssig machen, so
daß der Grund für das Nichtvorkommen der erstern in nichts weniger als in einer edlen, zu Verbrechen nicht geneigten Beschaffenheit des Volkscharakters zu suchen ist. So sind Kindesmord und
Kindesaussetzung allerdings sehr selten vorkommende Verbrechen,
aber der Grund dafür liegt darin, daß schon ein anderes Verbrechen, durch welches jene beiden in der That überflüssig werden,
ganz allgemein verbreitet ist und toto die vorkommt, — die
procuratio abortus. Der Ehebruch ist selten, aber dafür die
Päderastie allgemein; und die griechischen Frauen sind, wie schon
gesagt, so wenig verführerisch, daß man weder ihnen selbst noch
dem männlichen Geschlechte das seltene Vorkommen des adulterii
zum Guten, als Folge einer besonders großen Keuschheit ausle-
gen kann. Ebenso beruht das seltene Vorkommen des Verbrechens
der Brandstiftung nur auf schon genannten, rein zufälligen und
äußerlichen Umständen, während das Anzünden von Wäldern,
an denen kein Mangel, häufig genug vorkommt.

Mit den Verbrechen gegen das Eigenthum verhält es sich,
bei Lichte besehen und die besonderen von Geib hervorgehobenen

Verhältnisse in Rechnung gestellt, wie überall: übervortheilt wird der Nächste, und ob das nun im Wege des Raubes oder Diebstahls oder des Betruges geschieht, ist, wenn es sich darum handelt, die mehr oder weniger große Achtung eines Volkes vor dem Eigenthume des Andern zu beurtheilen, im Grunde nur eine F o r m, die die Sache selbst unverändert läßt. Übrigens sind ja, wie gesagt, in gewissen Districten auch gerade Raub und Diebstahl besonders im Schwange.

Andere Verbrechen endlich kommen deshalb so wenig vor, weil ihre Begehung eine gewisse Thatkraft und Entschlossenheit, eine gewisse Kühnheit und persönlichen Muth voraussetzt, welche den Griechen, wenigstens gewisser Landstriche, im Allgemeinen abgehen; so daß ihnen also auch aus dem selteneren Vorkommen dieser Verbrechen nichts weniger als ein Verdienst gemacht werden kann. Kurz, wenn auch das Urtheil, welches den griechischen Nationalcharakter so tief in den Staub zieht, gewiß unrichtig und maaßlos übertrieben ist, — Schreiber dieses hat selbst mehrfach mit Griechen zu verkehren gehabt, die ein solches Urtheil wahrlich nicht rechtfertigen, sondern vielmehr als vortreffliche Charakter hochzuachten sind —, so wird man sich doch hüten müssen, dem andern Extrem, in dem griechischen Volke eine besonders edle, vor andern europäischen Völkern hervorragende, die alten Hellenen fortsetzende Nation zu sehen, wieder irgendwie zu nahe zu kommen!

Es muß ja auch der griechische Nationalcharakter gelitten haben durch die lange Zeit des Unglücks, der Unterdrückung, der Erniedrigung, der inneren Wirren und der Gesetzlosigkeit, — ebenso wie der Charakter des einzelnen Menschen Wandlungen und

Verschlechterungen ausgesetzt ist, wenn er dergleichen auf die Dauer
zu erleiden hat.

In wie weit übrigens die Neugriechen als die Nachkommen
der alten Hellenen zu betrachten sind, oder wegen ihrer Vermischung
mit slavischen Stämmen nicht betrachtet werden dürfen, darüber
ist seit dem Erscheinen des Geib'schen Buches viel geschrieben und
gestritten worden. Auch deutet Geib, für den die Frage wegen
der Vergleichung neugriechischer und althellenischer Rechtszustände
von Interesse war, seine Ansicht hierüber nur kurz (p. 65 u. 99)
an, so daß ich, — Geib hält einen solchen Vergleich nur bei den
Mainoten für historisch bedeutend, — darüber hinweggehen kann.

Wie dem aber auch sei, jedenfalls bildete Geib's ganzer
Aufenthalt in Griechenland einen wichtigen Abschnitt in seinem
Leben; das Buch, welches eine der Früchte desselben war, ein
überaus interessantes und ehrenvolles Erzeugniß des damals noch
ganz jungen Verfassers. Die praktische Beschäftigung aber unter
besonders schwierigen, ganz neu zu ordnenden Verhältnissen und
in nicht wenig einflußreicher Stellung ist ihm eine höchst lehrreiche
Schule gewesen, die wesentlich dazu beigetragen haben mag, den
Blick des Gelehrten auch für die Bedürfnisse des praktischen Lebens
offen zu halten und zu erweitern.

Sein Buch über Griechenland aber zeichnet sich durch die
lebendige Kenntniß der von ihm geschilderten Zustände, durch
gründliches Studium aller einschlagenden Quellen, Schriftsteller
und Hülfsmittel, durch scharfe Beobachtung, sicheres, geistreiches
und wohlbegründetes Urtheil und endlich durch eine übersichtliche
Disposition und höchst geschmackvolle und fesselnde Darstellung
aus. Da ist kein einziges Urtheil ohne tiefen, wohldurchdachten

Grund; da übersehen wir klar von vornherein das Ganze; da ist die Schreibweise so ansprechend, daß Niemand, der das Buch einmal zur Hand genommen, es eher wieder fortlegen wird, als er es bis zu Ende gelesen hat. Möchte mir es deshalb gelungen sein, von neuem Veranlassung gegeben zu haben, daß wieder mehr danach gegriffen wird. Geschieht das, so ist dann nicht mehr zu besorgen, daß es nicht gelesen, und zwar gründlich und mit Interesse gelesen wird.

So ist dies kleine, aber werthvolle Buch ein Vorläufer und ein Herold von Geib's ganzer spätern Bedeutung und von seiner ganzen wissenschaftlichen Art und Richtung. Denn alle die oben angegebenen Vorzüge dieses Buches sollten, in immer reicherer und glücklicherer Entfaltung, den Charakter und die Grundlage der künftigen wissenschaftlichen Richtung des Mannes ausmachen, — so daß wir sie in all' seinen spätern Werken wiederfinden werden.

Nachdem Geib nach Deutschland zurückgekehrt war und zunächst in München und Heidelberg vergeblich versucht hatte, sich als Docent niederzulassen, war es nun Mittler, der auf Geib's nächste Schicksale von bestimmendem Einfluß wurde. Geib hatte sich nämlich, da er schon vor der Reise nach Griechenland fest entschlossen war, die Docentenlaufbahn einzuschlagen, bevor er die Reise antrat, bemüht, von der bairischen Regierung ein schriftliches Versprechen zu erhalten, nach seiner Rückkehr als außerordentlicher Professor an der Universität München angestellt zu werden. Er konnte aber bei der rasch erfolgenden Abreise nur allgemeine mündliche Zusagen erhalten und fand bei seiner Rückkunft aus hier nicht wohl mitzutheilenden Gründen die Aussichten auf Erfüllung jener allgemeinen Zusagen so gering, daß er sich von München fort und nach Heidelberg wandte. An letzterer Universität verlangte man zur Habilitation das zweite Staatsexamen, welches Geib früher auch zu machen beabsichtigt hatte, jetzt aber, durch den Aufenthalt in Griechenland und bereits unternommene andere und selbstständigere Studien nach einer ganz andern Richtung geführt, nachzuholen wenig geneigt war. Da schlug Mittler ihm vor, die Docentenlaufbahn in Zürich zu beginnen. Mittler hatte nämlich, wenn auch älter als Geib, schon in München, als Geib dort studirte, in freundschaftlichen Beziehungen zu ihm gestanden und vielfach anregend auf ihn gewirkt. Später in Heidelberg, wo Mittler sich inzwischen als Privatdocent habilitirt hatte, wurde der Umgang fortgesetzt, und jetzt folgte, nach jenen fehlgeschlagenen Versuchen, sich in München oder Heidelberg zu habilitiren, Geib gern dem Vorschlage des Freundes, der nunmehr Professor der Geschichte in Zürich geworden, sich an dieser neugegründeten schweizerischen Hochschule niederzulassen.

Nachdem er theils in seiner Vaterstadt Lambsheim, theils in Zürich selbst mit vorbereitenden Studien sich beschäftigt hatte, wurde er, ohne Privatdocent gewesen zu sein, im August 1836 zum außerordentlichen Professor in Zürich ernannt. Die Züricher Lectionskataloge enthalten Geib's Namen zuerst im Wintersemester 1836/37, wo er Geschichte des Criminalrechts las.

Noch vor seiner Ernennung zum Professor und dem Beginne seiner Docententhätigkeit veröffentlichte er die erste Abhandlung, welche das Archiv des Criminalrechts von ihm enthält.

Dieses hat im Ganzen 6 mehr oder weniger umfängliche Abhandlungen von Geib aufzuweisen, welche sich auf die Jahrgänge 1836, 1837, 1838, 1839, 1840, 1845 und 1847 vertheilen

und in denen Geib über verschiedene Gegenstände der Strafrechtswissenschaft sich verbreitet. Diese erste Abhandlung aus dem Jahre
1836 (p. 187—229 des Archivs dieses Jahrganges, — NB.
dieser Jahrgang enthält die Seitenzahlen 187—198 doppelt, —)
handelt „über die Nothwendigkeit einer vergleichenden Berücksichtigung der neuern Strafgesetzbücher bei Darstellung des gemeinen
deutschen Criminalrechts."

Geib klagt in dieser Abhandlung über den Zwiespalt zwischen Theorie und Praxis und die Mißachtung der einen durch die
andere, wie sie nach dem Entstehen der neuen Criminallegislatio-
nen, die von den Theoretikern nicht beachtet seien, während das
gemeine Recht nunmehr in der Praxis und in den Gerichten keine
Beachtung gefunden habe, eingerissen sei, und sucht die Frage zu
beantworten, in welcher Art es möglich werden könne, unser gemeines Recht praktischer und unsre neuern Gesetzbücher wissenschaft-
licher zu behandeln. Jener Zwiespalt und die daraus sich ergebende
mangelhafte criminalistische Lehrmethode auf den Universitäten, —
welche beide ja damals weit ärger als heute waren, — machen
Geib offenbar herzliche Sorge ; und indem er warm und mit dem
entschiedensten Bestreben, zu bessern, für ihre Abhülfe schreibt, zeigt
er ebensowohl seine innige Anhänglichkeit und sein warmes Herz für
die Pflege und das Gedeihen unserer Wissenschaft als seinen offe-
nen praktischen Blick für die Bedürfnisse des Lebens, den ihm seine
tiefwissenschaftlichen Untersuchungen und seine Durchforschungen
des Alterthums nie zu trüben vermochten, — so daß gerade er
selbst ein lebendiges Beispiel gab, wie eine volle Erkenntniß der
Bedürfnisse des praktischen Lebens und eine gründliche wissenschaftliche Bildung sehr wohl vereinigt sein können und der deutsche

Gelehrte und Professor nicht ein blos „hinter dem Actentisch vege-
tirendes", für Alles, was Leben heißt, unbrauchbares Wesen ist.
Geib war auch hier einer der Ersten, die jenen Mißstand in
seiner ganzen Blöße und seiner ganzen Schädlichkeit erkannten und
auf die Nothwendigkeit einer Abhülfe aufmerksam machten. Er
legt den Mißstand bloß und zeigt die großen Vortheile auf, die
sich aus einer Abhülfe ergeben: 1. die Bewahrung der Criminalisten von vornherein vor jeder Einseitigkeit; 2. die Beförderung
der verständigen und richtigen Auffassung sowohl des gemeinen
Rechts als der neuern Gesetzbücher und ein Sichnäherbringen, gleichsam mit einander Verschmelzen von Theorie und Praxis; 3. der
theoretisch-wissenschaftliche Werth (p. 200 ff.). Demnach sucht er
den Streit zwischen Theorie und Praxis, die Mißachtung des einen
durch die andern, mit Recht dadurch zu heben, „daß man gleich
von vornherein, in Lehrbüchern und akademischen Vorträgen, eine
vergleichende Darstellung des gemeinen Rechts mit den Bestimmungen der neueren Gesetzbücher gleichzeitig und nebeneinander
einführt."

Heutzutage ist nun über die Nothwendigkeit einer solchen
Behandlung der Strafrechtswissenschaft kein Zweifel mehr; die
neuern Gesetzbücher werden sich nicht mehr beklagen können, daß
sie in akademischen Vorlesungen und Lehrbüchern nicht berücksichtigt; die Praxis nicht, daß ihr durch beide nicht vorgearbeitet
würde. Das war aber nicht immer so, und die Erkenntniß, daß
ihm so werden müsse, kam wie jede erst allmählich, nachdem erst
Einzelne, dann Mehrere dafür aufgetreten waren und gegen die
Antipathie oder Apathie der Majorität allmählich den Sieg davon-
getragen hatten. Zu denselben gehörte aber sowohl, wie gesagt,

der Zeit als auch der Wucht seiner Gründe nach mit in erster Linie Geib.

Wenn er dann in dieser Abhandlung, seine Ideen in's Einzelne verfolgend, weiter ausführt, daß es für den akademischen Lehrzweck besser sei, nur eines der (bis dahin entstandenen) neuen Gesetzbücher, anstatt aller im Lehrvortrage zu vergleichen, so kann ich nicht umhin, ihm darin auch noch für den heutigen Tag beizutreten.

Die Nothwendigkeit, der modernen Gesetzgebung in Lehrbüchern und Vorlesungen Rechnung zu tragen, wird heutzutage nicht mehr verkannt. Dem Studenten soll durch beides mindestens eine Einleitung in dasjenige Gesetzbuch gegeben werden, welches er demnächst anzuwenden hat, — das ist die Forderung, die sich aus Geib's ganzer Abhandlung, auf unsre Zeit angewandt, nothwendig ergiebt. Ein fortlaufender Vergleich des gemeinen Rechts und des geltenden Particulargesetzbuches, Entwicklung des einen aus dem andern, Erklärung und Erläuterung des einen durch das andere und eine durchgängige Besprechung des ganzen vaterländischen Strafcodex, ohne auch nur einen irgend erheblichen Paragraphen zu übergehen, — das muß meines Ermessens von einer Vorlesung über Strafrecht in unserer Zeit billig verlangt werden. Denn was Geib schon damals aussprach (p. 196), das wird heute vollends Niemand mehr bezweifeln, daß es nämlich „beinahe gewissenlos", (ich glaube, man kann sagen, „geradezu gewissenlos"), „erscheinen möchte, wenn man junge Criminalisten dem praktischen Leben zu übergeben wagt, die, unbekannt mit ihrer Zeit und deren Gesetzen, gleichsam um Jahrhunderte zurückversetzt, nichts Anderes gehört und gelernt haben, als die Vorschriften der peinlichen Gerichtsordnung Karl's V. und die Strafbestimmungen des römischen und kanonischen Rechts." Aber eine möglichst bunte Musterkarte aus möglichst vielen modernen Gesetzbüchern den Lernenden vorzulegen, das hat mir. — wohlverstanden eben für den Lehrzweck und für die erste Einführung in das Strafrecht, — nie ersprießlich scheinen wollen. Das würde zu Verwirrungen führen, und Martin würde, falls er seine Behauptung so modificirt hätte, gegen Geib Recht haben (vgl. p. 220 und Geib selbst p. 222). Es würde das im günstigsten Falle zur Erlernung von multis, nie von multo führen; — in der Regel wird aber auch selbst dieser Fall nicht einmal eintreten, sondern nur ein Haftenbleiben weniger zusammenhangsloser Einzelnheiten erreicht werden, — und dieses Erlernen einiger Einzelnheiten oder höchstens von multis geschieht, auch wenn man die Zahl der Lehrstunden vermehrt, auf Kosten einer sicheren, unerläßlichen und eben den Widerstreit zwischen Theorie und Praxis allein aufhebenden Einführung in das demnächst in praxi anzuwendende Gesetzbuch!

Natürlich ist dieses Ganze cum grano salis aufzufassen und nicht etwa zu glauben, daß ich das ausnahmslose Princip aufstellen wolle, es dürfe in Lehrbüchern oder Vorlesungen über Strafrecht bei Leibe nicht von einem andren neueren Strafgesetzbuche als dem resp. particulären des eignen Territorii die Rede sein. Im Gegentheil, ich halte dafür, daß auch die andren Strafgesetzbücher an der Stelle, wo die neuere Gesetzgebung im Allgemeinen zu besprechen nicht verabsäumt werden darf, genannt werden müssen und mehr oder weniger kurz charakterisirt und bei den einzelnen Lehren, namentlich bei charakteristischen Abweichungen oder Ähnlichkeiten, zur Erläuterung der Lehre selbst besprochen werden mögen. Ich weiß auch, daß die verlangte Einschränkung in Lehrbüchern noch weniger nothwendig ist als in Lehrvorträgen, namentlich wenn in den ersteren für gehörige, schon äußerlich aufmerksam machende Übersichten gesorgt wird; und es versteht sich endlich wohl von selbst, daß auch andre Strafgesetzbücher, ja die verschiedensten und die der entlegensten Länder citirt werden mögen und sollen, wenn sie vorkommenden Falles besonders Eigenthümliches, besonders Lehrreiches, den Vortrag besonders klar oder lebendig Machendes, dem gemeinen Recht oder der modernen gemeinsamen deutschen Rechtsanschauung eigenthümlich Widersprechendes oder die eine oder die andre eigenthümlich (etwa im Gegensatz zu der einheimischen Gesetzgebung) Bewahrthabendes enthalten. Nur jener durchgehenden bunten Musterkarte, unter Aufgeben des Vortheils und der Nothwendigkeit, eins gründlich zu behandeln, glaube ich entgegentreten zu müssen. Um nur ein Beispiel meiner Auffassung zu geben: ich citire in meinen strafrechtlichen Vorlesungen, die ich zur Zeit an der Universität Halle halte, nur selten das östreichische Gesetzbuch. In der Lehre vom Mord und Todtschlag aber z. B. citire ich nicht nur §§ 134, 140, sondern bespreche auch eingehender seine einzig abweichende Auffassung, in der Überzeugung, daß eine so ausnahmsweis und eigenthümlich abweichende Auffassung auch dem angehenden Criminalisten schon mitgetheilt werden muß und zugleich zum Verständniß und zur Erläuterung der ganzen Lehre dient, also ihre Besprechung in keinem Falle Nützlicherem die Zeit schmälert, u. s. w.

Welches neuere Gesetzbuch nun aber nach meiner Ansicht beim Vortrage heutzutage durchgehends berücksichtigt werden muß, das habe ich in dem eben Gesagten schon mehrfach angedeutet, und es wird darüber, — huldigt man nicht etwa der entgegengesetzten Ansicht, sie alle oder doch möglichst viele, soweit es die Zeit irgend erlaubt, eingehend besprechen wollend, — ebenfalls kein Zweifel mehr sein. Für die damalige Zeit, wo Geib's Abhandlung erschien, mag man Geib beistimmen, das bairische Gesetzbuch von 1813 als das beste und als die »mater omnium constitutionum criminalium recentiorum« zu wählen und daneben etwa das französische Recht zu vergleichen. Heute ist das natürlich anders: es kommt nicht mehr darauf an, zu zeigen, welche veränderte Auffassung im Gegensatze zum gemeinen Recht eingetreten, welche Änderungen als nöthig erschienen waren; sondern Änderungen und Trennung sind im weitesten Maaße geschehen, fast jedes deutsche Land hat sein wohleingebürgertes Strafgesetzbuch mit Gerichtsgebrauch, Novellen und Commentaren. Es kann wohl keine Frage sein, daß das einheimische Gesetzbuch gewählt werden muß, ohne daß auch dabei Erwähnungen des bairischen Strafgesetzbuches von 1813 ausgeschlossen werden müßten. Für Preußen versteht sich das sowie eine Mitberücksichtigung des französischen Rechts, das allerdings, wie auch Geib meint, ganz unberücksichtigt nie zu lassen sein dürfte, aus andren Gründen ohnedem von selbst, — falls nicht die ganze von Geib so warm und richtig als etwas Nothwendiges empfohlene und in der That heute gar nicht mehr zu entbehrende Berücksichtigung des jetzt wirklich geltenden und von dem Lernenden demnächst praktisch anzuwendenden Rechts zum großen Theil wieder bei Seite geschoben werden soll.

Wie nützlich für den Reiferen, wie nothwendig und unentbehrlich für den Criminalisten vom Fach, auch den gründlichen

Praktiker, und den Gesetzgeber die sorgfältigste Vergleichung der verschiedenen deutschen Gesetzgebungen, ja die vergleichende Rechtswissenschaft aller Länder ist, das brauche ich nicht noch ein Mal auszusprechen. Auch Geib macht in seiner Abhandlung unter Anführung des bekannten Ausspruches von Feuerbach darauf aufmerksam und giebt außerdem selbst ein Beispiel für den daraus entspringenden reichen Nutzen, wie in allen seinen Werken so auch in dieser Abhandlung (vgl. z. B. nur die Vergleiche, die er dem Studium der griechischen Strafgesetzgebung verdankt). Auch der Nutzen von Geib's praktischer Beschäftigung zeigt sich gleich hier. Es sei schließlich nur noch bemerkt, daß Geib seine Auffassung der comparativen Darstellung an der Untersuchung der speciellen Frage: „welches ist das Verhältniß des Richters zu dem Strafgesetze? oder mit andren Worten: nach welchen Regeln sind Strafgesetze auszulegen und anzuwenden?" darlegt, und zwar unter klarer Kritik der Darstellungen seiner Zeit= genossen.

Wie übrigens durch Geib's erste literarische Arbeit seine ganze wissenschaftliche Art und Richtung angedeutet wurde, so darf diese erste Abhandlung, die er im Archiv veröffentlichte, als ein Vorläufer einer andren Arbeit Geib's, die er später veröffent= lichte und die wir demnächst zu besprechen haben, der „Reform des deutschen Rechtslebens", betrachtet werden. Namentlich aber ent= hält diese Abhandlung auch so zu sagen ein Glaubensbekenntniß ihres Verfassers über die Art und Weise, wie die nun von ihm zu beginnenden Vorlesungen über Strafrecht einzurichten, und ist schon deshalb ein höchst interessanter und lesenswerther Beitrag, den auch jetzt noch Niemand, der über denselben Gegenstand Vorträge zu halten in der Lage ist, unberücksichtigt lassen sollte, wenn auch die Zeiten seitdem fortgegangen sind und Manches, für dessen damals noch nicht anerkannte Berücksichtigung Geib noch plaidiren und kämpfen mußte, heute längst entschieden ist und ausdrücklicher Vertheidigung nicht mehr bedarf.

Am 4. Februar 1837 trat Geib seine außerordentliche Professur rite an. Er lud zu der bei dieser Gelegenheit zu haltenden Rede durch ein Programm ein: »De confessionis effectu in processu criminali Romanorum observationes aliquot« (Turici. Apud Orellium Fuesslinum et socios 1837).

Geib geht in dieser » disputatio historica juridica « von der Bedeutung der Wirkungen des Geständnißes im Criminalproceß für die Gestaltung und principiellen Grundlagen des ganzen Strafprocesses aus. »Confessionis historia ubique processus ipsius historia est « (p. 4). Er weist nach, daß zu den Zeiten der römischen Republik das Geständniß allein und für sich zur Verurtheilung genügt habe. Unter Zurücklegung verschiedener daran sich knüpfender interessanter Fragen für eine ausführlichere Besprechung in einem späteren Werke (seiner 7 Jahre später erschienenen Geschichte des römischen Criminalprocesses) prüft er eingehender in diesem Programme nur die Frage, ob in den Zeiten der Republik im Falle eines von Seiten des Angeklagten abgelegten Geständnißes von einer Zuziehung der judices, — (ähnlich wie heute noch im englischen Strafverfahren), — abzusehen sei und der Prätor allein auf dieses Geständniß hin ohne weiteres auf die gesetzliche Strafe habe erkennen können, — oder ob auch in diesem Falle, trotz des unbezweifelt und entschieden Beweis der Schuld des Angeklagten wirkenden Effectes

der confessio, zur Urtheilsfällung die judices hätten zugezogen
werden müssen.

Es war damals die erstere Ansicht die herrschende, die von
den Wenigen, — auch hier klagt Geib (p. 8 u. 9) über den
Mangel eines genügenden und gründlichen historischen Studiums,
— die die Frage bis dahin überhaupt berührt hatten, allgemein
aufgestellt worden war, mit Ausnahme des einzigen Filan-
gieri, den Geib (p. 10) den »disertissimus at minime ac-
curatissimus scriptor« nennt.

Geib tritt der herrschenden Ansicht entgegen und behauptet
die Nothwendigkeit der Zuziehung der judices auch für den Fall
des Geständnisses. Er zeigt in überzeugender Weise und unter
ebenso gründlicher als scharfsinniger Benutzung seiner eingehenden
Kenntnisse des ganzen römischen Rechtslebens, aller römischen
Schriftsteller und der gesammten römischen Zustände überhaupt
die Hinfälligkeit der von den Gegnern für ihre Ansicht vorgebrachten Argumente, namentlich des bedeutendsten derselben, der Stelle
beim Asconius Pedianus, in Cicero in Verrem Act. I. c. 2.
(»quid est reum fieri nisi apud praetorem legibus interro-
gari? Quum enim in jus ventum esset, dicebat accusator
apud praetorem reo : Aio te Siculos spoliasse. Si tacuisset,
lis ei aestimabatur ut victo; si negasset, petebatur a magi-
stratu dies inquirendorum eius criminum et instituebatur ac-
cusatio«), die auf den ersten Blick allerdings für die andre Meinung zu sprechen scheint, bei genauerer Betrachtung das aber
durchaus nicht thut. Geib unterwirft sie einer solchen genaueren
Betrachtung und weist damit die Unhaltbarkeit auch dieses von
den Gegnern vorgebrachten Argumentes nach. Er macht darauf

aufmerkſam, daß die angeführte Stelle ſich nur auf das crimen
repetundarum, nicht auf die crimina überhaupt beziehe, und
führt aus, daß bei dem erſteren eigenthümliche, in Bezug auf die
Folgen, die aus dem Begehen dieſes Verbrechens für den Verbrecher erwuchſen, dem Civilproceße ähnliche Grundſätze galten und
daß deshalb, was über dieſes einzelne Verbrechen galt, durchaus
nicht auf die andren angewandt werden dürfe.

Sodann führt Geib die poſitiv für ſeine Anſicht ſprechen-
den Gründe an, ganz aus dem Geiſte des römiſchen Rechts und
der genaueſten Kenntniß ſeiner ſämmtlichen Inſtitutionen raiſon-
nirend. Es ſei hier nur aufmerkſam gemacht auf die als Grundlage ſeiner ganzen Anſicht bezeichnete, ja hinlänglich bekannte
Stellung der römiſchen judices, welche von der unſrer Richter ſo
grundſätzlich verſchieden war, indem die Erſteren nicht einfach das
Geſetz anzuwenden brauchten, ſondern ſtatt deſſen auch, »legum-
latorum et judicum partibus mixtis«, das öffentliche Wohl,
die Verdienſte des Angeklagten ꝛc. ihrer Entſcheidung zum Grunde
legen, alſo auch den nach den geſetzlichen Anforderungen offenbar
Schuldigen von aller Strafe freiſprechen, m. a. W. begnadigen
konnten. »Discrimen«, ſagt Geib (p. 11) mit Recht, »quod
est hodie inter potestatem quam judiciariam et legislativam
appellamus, Romanis liberae reipublicae temporibus plane
ignotum fuit«. Wie hätten die judices gerade in Bezug auf ge-
ſtändige Angeklagte, die möglicher Weiſe am eheſten Milde und
Nachſicht verdienten, in ihrer Machtſtellung beſchränkt ſein ſollen?
Wie hätten die geſtändigen Angeklagten, die doch allgemein von
den Geſetzen milder und nicht ſtrenger angeſehen werden, gerade
allein von Allen hier zurückgeſetzt und, unbedingt immer zu Strafe

verurtheilt, jener Hoffnung und jenes eventuellen Anspruches auf Begnadigung beraubt werden können?

Außerdem sei nur auf das fein benutzte aus der Lex Pompeja de parricidiis hergenommene Argument (pag. 30 f.) aufmerksam gemacht. Der Leser wird noch mehrere scharfe Beweise und elegante Beweisführungen in der kleinen ,nur 34 Seiten starken) Abhandlung finden und sich von den gründlichen classischen Studien, die Geib betrieben, von seiner großen Belesenheit und von seiner tiefen und scharf durchdachten Kenntniß des ganzen Lebens der Alten überzeugen.

Wie sehr Geib schon damals in das Studium der Alten eingedrungen war, mit welcher Vorliebe und Gründlichkeit er die von ihm so hoch und nothwendig gehaltenen historischen Studien schon damals betrieb, wie weit er entfernt war, dieselben etwa erst später, etwa nur für seine spätere Abfassung der Geschichte des römischen Strafprocesses und nur um eines solchen äußeren Zweckes willen, nicht aus innerem wissenschaftlichen Drange zu unternehmen, — davon ist dieses züricher Programm ein entschiedener Beweis.

Übrigens war er schon damals mit der Idee beschäftigt und hatte den Entschluß gefaßt, eine Geschichte des ganzen römischen Criminalprocesses auszuarbeiten pag. 4 unten und pag. 8), und das beweist uns, — wenn es das sieben Jahre später erschienene Buch nicht selbst thäte, — wie umfaßend und großartig angelegt die gründlichen und langjährigen Vorarbeiten waren, aus denen sieben Jahre später Geib's Geschichte des römischen Criminalprocesses hervorging!

Das fernere Studium der Alten und die außerordentlich ein-

gehenden Vorarbeiten für seine Geschichte des römischen Criminalprocesses beschäftigten Geib die folgenden Jahre fast unausgesetzt. Mit der treuesten Gewissenhaftigkeit und dem eisernsten
Fleiße, zugleich aber auch mit inniger Lust und Liebe (vgl. auch
die Vorrede zu der später erschienenen Geschichte des römischen
Criminalprocesses p. VIII u. IX) verfolgte er sein großes Ziel und
führte er sein Epoche machendes Werk der Vollendung entgegen.
Kein Wunder deshalb, daß wir andre größere Arbeiten aus dieser
Zeit nicht von ihm haben. Die eine überaus große Arbeit, die er
vorhatte, nahm seine Zeit nicht nur vollständig in Anspruch, sondern fesselte auch sein ganzes Denken, sein Sinnen und Trachten,
— und das war nöthig, um ein Werk, so harmonisch in sich abgeschlossen, so durch und durch vollendet und durchdacht, wie seinen römischen Strafproceß an's Licht zu fördern. Auch seine
Vorlesungen bezogen sich in dieser Zeit zum Theil auf die Geschichte des römischen Criminalprocesses: in den letzten beiden
Jahren vor der Veröffentlichung des Werkes hielt er über
den Inhalt desselben Vorträge. Es sind deshalb nur kleinere
von ihm selbst so bezeichnete, neben und aus den täglichen
Berufsgeschäften und gelegentlich entstandene Abhandlungen,
die er in jener Zeit geschrieben, drei Arbeiten nämlich, welche
er ebenfalls im Archiv des Criminalrechts veröffentlichte.
Die erste derselben (die zweite, welche das Archiv des Criminalrechts Geib überhaupt verdankt) findet sich in den Jahr-
gängen 1837 und 1838, im Jahrgange 1837 p. 561—586
und in dem von 1838 fortgesetzt p. 36—61. Sie handelt
„Über den Einfluß des Irrthums in Bezug auf das Object im
Strafrechte", — eine bekanntlich vor einigen Jahren in Folge des

vor dem Schwurgerichte zu Halle gegen Rose und Rosal
verhandelten Strafproceßes wieder sehr lebhaft controvertirte
Frage.

Geib behandelt auch diese Frage mit einer ausgezeichneten
Gründlichkeit, mit der er namentlich das bei den italienischen
Praktikern über diesen Punct sich findende reiche Material durchforscht hat, und mit freiem, unbefangenen, scharfen Blick. Sollten seine Ausführungen und seine Andeutungen, namentlich als
vor einigen Jahren der Streit über diesen Gegenstand wieder so
lebhaft entbrannte, wohl, wie sie es verdienen, benutzt und durchdacht, oder noch mancher bisher nicht oder doch nicht genügend
benutzte Fingerzeig darin zu finden sein? Zugleich auch hätte diese
Geib'sche Abhandlung für ein männlich bescheidenes und würde-
volles Auftreten (z. B. p. 562, :c.), wie es in wissenschaftlichen Dingen allein ziemlich ist und auch bei der entschiedensten
wissenschaftlichen Meinungsverschiedenheit und Polemik nie aus
den Augen gesetzt werden sollte, ein Muster sein müssen, — ohne
es leider, wenigstens für einen der damals bei dem Streite
Betheiligten gewesen zu sein. (Vgl. Pfotenhauer's geradezu
als das Gegentheil von Geib's maaß- und anstandsvollem
Auftreten zu prädicirende Ausfälle gegen Böhlau im Ge-
richtssaal.

Als besonders beachtenswerth in dieser Abhandlung verdient
hervorgehoben zu werden die gründliche Durchforschung des gesammten Materials von dem von Andren wenigstens das in
den Schriften der so überaus einflußreichen italienischen Praktiker
Niedergelegte, wie Geib mit Recht tadelt (p. 565, vielfach übersehen worden ist; und dabei der stets ungetrübte, für das prak-

Lueder, Geb.   4

tische Leben und seine Bedürfnisse offne, immer an concreten Fällen demonstrirende Blick; die überaus scharfsinnige und klar ein-
leuchtende Entscheidung der Frage nach römischem, altgermanischem
und späterem deutschen Recht und die Nachweisung, daß und
warum die beiden ersteren aus ganz entgegengesetzten Gründen zu
ganz denselben Resultaten kommen mußten; die sehr tiefe Beurtheilung des Grundcharakters der Carolina; und die scharf und
consequent durchgeführte Entscheidung, zu der Geib an der Hand
des späteren deutschen Rechtes führt, dahin gehend, daß im Falle
eines Irrthums im Objecte ein doppelter Gesichtspunct für die
strafrechtliche Beurtheilung eintreten müsse: ein (doloser) Versuch
hinsichtlich des ursprünglich beabsichtigten, und eine culpose Handlung hinsichtlich des wirklich begangenen Verbrechens. Wie frucht-
bar diese Ausführung ist, läßt sich nicht verkennen; und man wird
zu Gunsten der italienischen Praktiker und im Gegensatz der entgegengesetzten seit Carpzov herrschend gewordenen und lange Zeit
fast ausschließlich herrschenden Ansicht Geib in der Hauptsache
beitreten müssen, — wie ich es wenigstens aus voller Überzeugung
und um so unbedenklicher thue, als ich den von den Gegnern bei-
gebrachten Gründen nicht so großes Gewicht beilegen kann, als
Geib selbst es thut. Im Einzelnen wird man andrer Meinung
sein und selbst mit Pfotenhauer übereinstimmen können.
Sollte das aber auch der Fall sein und man zu andren Resultaten
kommen, so würde das ja dem Werthe und der Anerkennung der
Geib'schen Abhandlung keinen Abbruch thun; und es wünscht
übrigens Geib selbst (p. 561 u. p. 61), durch seine Arbeit nur
die Veranlaßung zu weiterer Untersuchung und Prüfung des Gegenstandes gegeben zu haben, und fügt hinzu, wie gern er, im

Falle einer Widerlegung seiner Ansicht, dieselbe zurücknehmen und
mit der richtigen Meinung vertauschen würde.

Indem so Geib wiederum auf die ungehörige Vernachläſſigung einer wichtigen criminaliſtiſchen Frage von Seiten seiner
Vorgänger aufmerksam machte und dieser Vernachläſſigung ent-
gegenarbeitete, gab er zugleich wieder einen Beweis einmal für
sein warmes, inniges Intereſſe für die deutſche Wiſſenſchaft und
ihre gehörige Pflege und sodann für seine edle Beſcheidenheit,
verbunden mit wirklicher wiſſenſchaftlicher Forſchung und Leiſtung.

In demselben Jahrgange (1838) des Archivs befindet sich
(p. 573—588) noch der Anfang einer ferneren, der dritten im
Archiv enthaltenen Abhandlung Geib's, fortgeſetzt und beendigt
im Jahrgange 1839 (p. 118—131). Diese Abhandlung iſt
offenbar aus Geib's gerade damals besonders lebhafter Beſchäf-
tigung mit den nichtjuriſtiſchen römiſchen und griechiſchen Claſſi-
kern entſtanden. Sie führt die Überſchrift: „Beiträge zur Erörte-
rung criminaliſtiſcher Fragen" und wiederholt im Eingange noch
einmal, was Geib schon in seinem Programm De confessionis
effectu etc. ausgeſprochen hatte, die Klage nämlich, daß von
den Criminaliſten das Studium der s. g. nichtjuriſtiſchen römiſchen
wie griechiſchen Claſſiker allzuſehr vernachläßigt werde, welches
doch eine so sehr reiche Ausbeute gerade für den Criminaliſten
biete. Statt deſſen scheinen die Criminaliſten kaum noch ein höhe-
res Streben zu kennen, als, dem augenblicklichen Modeton huldi-
gend, neue Gesetzbücher zu redigiren, zu disputiren und zu recen-
ſiren, und es sei, — bis auf wenige Ausnahmen, — jeder echt
hiſtoriſche Geiſt in oberflächlicher Zuſammenſtellung einer Reihe
solcher neuen Legislationen, jede tiefere wiſſenſchaftliche Forſchung

4*

in Seichtigkeit und leerem Räsonnement untergegangen. So
Mancher glaube jetzt Großes geleistet zu haben, wenn er nur einen
Auszug aus dem ersten besten Landtagsprotokolle über die Bera-
thungen eines neuen Strafgesetzbuches mittheile. Dabei böten die
Landtagsverhandlungen so unendlich wenig Gutes. So Mancher
spräche über die Zulässigkeit oder Unzulässigkeit der Todesstrafe
und andre wichtige und schwierige Fragen mit, — ohne von der
Sache etwas zu verstehen; und lasse sich für seine Abstimmungen
nicht durch die im Volke selbst lebenden Ansichten und Wünsche,
sondern durch politische Sympathieen und Antipathieen bestimmen.

Die letzten bitteren Beschwerden sind noch heutzutage nur zu
gerechtfertigt, vielleicht noch gerechtfertigter als damals, wo Geib
schrieb. Was namentlich das Miträsonniren von Laien über hoch-
wichtige Fragen, zu deren Besprechung sie weder die Fähigkeit,
noch den Beruf, noch die Kenntnisse haben, — außer der schon
von Geib erwähnten, hierfür ganz besonders beliebten Todesstrafenfrage sei noch beispielsweise an Schwurgerichte, Begnadigungsrecht und Gefängnißwesen erinnert, — so ist dasselbe womöglich noch
ärger geworden; und ebenso ist noch immer das noch schlimmere
laienhafte, der Meinung des Tages unwissenschaftlich schmeichelnde
Behandeln solcher Fragen von Seiten mancher Männer vom Fach
und Dienern der Wissenschaft tief zu beklagen.

„Es muß", um Geib's schon damals gesprochene Worte
(p. 131) anzuführen, bei einem solchen Zustande der Dinge „gewiß einen Jeden, nach Verschiedenheit seiner Individualität, entweder Ekel oder Lachen ergreifen; der Gedanke aber, daß dergleichen nicht nur in Tagblättern und Flugschriften, sondern in eigentlich wissenschaftlichen Werken allen Ernstes besprochen und wieder

besprochen wird, ihn entweder mit Schmerz oder mit bitterm Ärger erfüllen." Der bittere Tadel G e i b's ist also vollständig gerechtfertigt. Ob der ihn ausspricht die neueren Legislationen und ihre Bedeutung seinerseits nicht etwas zu niedrig stellt (vgl. z. B. p. 129), ist eine andre Frage.

G e i b versucht nun, auch hier mit seinem ganzen Herzen an seiner Wissenschaft hangend und ihre Pflege zu fördern, resp. von Abwegen auf bessere Wege zu lenken suchend, von der geschilderten Bearbeitung neuer Codificationen auf ein seiner Ansicht nach der Bearbeitung weit würdigeres und bedürftigeres Feld hinüberzuleiten (p. 130), auf das Studium, wie gesagt, der s. g. nichtjuristischen Classiker. Er thut das, indem er an fünf bestimmten beispielsweis gewählten Fragen zeigt, wie werthvolles und interessantes Material jene Classiker gerade für criminalrechtliche Controversen enthalten. Die Fragen beziehen sich auf den schon im Archiv von ihm besprochenen Einfluß eines Irrthumes im Objecte auf die Strafbarkeit; auf die Controverse über die Tödtung eines Einwilligenden; auf die über die Beurtheilung der von Medicinalpersonen gemachten Kunstfehler; auf die Frage nach der Herstellung der Entscheidung bei mehr als zwei verschiedenen Meinungen der Votanten eines Richtercollegii über die zu erkennende Strafe, von denen keine eine absolute Mehrheit erreicht; und endlich auf die Legalsection.

Es sind, wie man sieht, alles hochinteressante Fragen, welche G e i b hier anregt und auf die, wie er zeigt, manche Aussprüche der Alten überraschende Schlaglichter werfen. Ob G e i b in seinen Conjecturen über das, was die bei den Alten herrschende Ansicht gewesen sei, bei dieser oder jener Frage nicht zu weit geht,

ob er nicht etwas zu kühn daraus, daß Plinius der Jüngere
z. B. etwas sagt, oder daraus, daß er es nicht sagt, conjicirt,
will ich dahin gestellt sein lassen. Möge, wer es entscheiden will,
selbst nachsehen. Es ist mit solchen Conjecturen vielfach ja doch
— Geschmackssache. Die Gefahr und die Lust, derartige Conjecturen zu risquiren, liegt bekanntlich sehr nahe für denjenigen, der
sich durch gründliche und vielseitige Lectüre sehr in das Leben der
Alten eingebürgert hat, — und das hatte Geib. Leider aber
dürfte auch jetzt noch so mancher Criminalist nicht zu befürchten
brauchen, daß er jener Gefahr verfiele. Manches Lectüre der alten
nichtjuristischen Schriftsteller ist dazu bei weitem nicht gründlich
genug! Die Hand auf's Herz und ganz aufrichtig, sind nicht
unter uns, namentlich unter uns jüngeren Criminalisten Manche,
die bei Geib's Tadel und Mahnung billig das Gewissen schlagen
sollte? Ich will zwar nicht von einem jeden Criminalisten eine so
großartige Belesenheit in den Alten verlangen, wie Geib sie auf-
weisen konnte, — ich würde, beiläufig, selbst solchem Verlangen
am wenigsten entsprechen und es an Andre zu stellen, deshalb kein
Recht haben; es mag sogar sein, daß Geib, der dazu ein Recht
hatte, ein bischen strenge in seinen Forderungen ist und etwas viel
verlangt; ich will auch zugeben, daß in den fünfundzwanzig Jahren,
welche seit der Veröffentlichung jenes Geib'schen Mahnrufes das
zwanzigste Jahrhundert uns näher gekommen ist, die Forderung der
Arbeitstheilung noch bestimmter gestellt und das zu bearbeitende Feld
in noch kleineren Theilen den Einzelnen zugewiesen werden muß;—
und daß endlich Geib für jene classischen Studien zum Nachtheil
der weniger günstig von ihm angesehenen modernen Gesetzbücher
eine sehr weit gehende Vorliebe hatte, das deutete ich schon an.

Aber troß alle biesem, was ich ja nicht übersehe, ist auf viele von uns Criminalisten Geib's Tadel mit voller Berechtigung anzuwenden; es wird im Allgemeinen, von Einzelnen natürlich abgesehen, kein genügendes Studium der nichtjuristischen römischen und griechischen Classiker getrieben, — vielleicht kann man gerabezu sagen, das historische Element im Strafrecht wieder nicht hinlänglich berücksichtigt. Wir thun, will mir scheinen, in dieser . Beziehung nicht genug, und sollten dem Mahnruf des Meisters uns nicht verschließen. Wenn aber auch die Herren Laien, anstatt bei jeder Gelegenheit Reden über die oben angedeuteten Puncte zu halten, ihre Mußestunden lieber zu einer Lectüre des Plinius und Dio Cassius benußen wollten, in welchem leßteren namentlich sie so Manches, was sie heute als ganz neuen und originellen Grund an den Mann bringen, als schon vor so und so viel Jahrhunderten gesagt finden könnten, so würde das eine große Wohlthat und höchst schäßenswerthe Verbesserung sein sowohl für ihre eigene Bildung als auch für die nun solche unnüße Reden nicht mehr auszustehen brauchende Menschheit.

Wenn der specielle Theil des Strafrechts so überreich an Lehren ist, die noch einer genügenden Bearbeitung und Aufklärung ermangeln, so ist von diesen Lehren die von dem Betruge und der Fälschung vielleicht diejenige, die vor allen am meisten einer gründlichen Revision und Feststellung bestimmter Resultate bedarf, — auch heute noch bedarf, da auch die neuesten Arbeiten, wenn auch manches sehr Schäß- und Brauchbare, so doch noch durchaus keine genügende Abhülfe gebracht haben. Was aber gar aus Freund's angefangenem, den „Lug und Trug" behandelnden

Unternehmen werden wird, — darüber kann nur der weitesttra-
gende prophetische Blick entscheiden, der mir abgeht.

Unsrem G e i b war nun auch damals schon dieser der Bearbeitung und Revision so sehr bedürftige Punct nicht entgangen,
noch diejenigen Fragen, die hier als die hauptsächlich zu entschei-
denden und die meisten Schwierigkeiten bietenden zu betrachten
sind. Er veröffentlichte deshalb, wieder in der Absicht, zu weiteren
Untersuchungen auf diesem Felde anzuregen, als seine vierte Abhandlung im Archiv, die im Jahrgange 1840 (pag. 97—134
und 195—222, enthaltene „Über die Grenze zwischen civilrechtlichem und criminellem Betruge".

Als diejenigen Fragen, welche als die wichtigsten hier zu
entscheiden sind, erkannte nämlich G e i b schon damals diese beiden: „worin besteht der Unterschied zwischen Fälschung und Betrug" und „welches ist die Grenze zwischen criminellem und civilrechtlichem Betrug?" Bekanntlich sind dies noch jetzt die beiden
Fragen in dieser Lehre, die die meisten Schwierigkeiten machen
und am wenigsten genügend beantwortet sind.

Auf die erstere zurückzukommen, hat G e i b sich zwar ausdrücklich (p. 98) vorbehalten, aber leider unterlassen. Die zweite
untersucht er an dieser Stelle eingehend und gründlich, im Wesentlichen die schon vielfach von außerdeutschen Juristen, dann von
Mittermaier aufgestellte (über die richtige Begriffsbestimmung
des Betrugs u. f. w. in Demme's Annalen der Cr. R. Pflege
VI. Nr. I) vertheidigend.

Wer nun auch die von G e i b in dieser Abhandlung gewon-
nenen Resultate nicht überall für richtig halten, den von ihm beige-
brachten Gründen nicht immer beitreten und die zu besprechende

Frage nicht für zum Grunde gelöst halten kann; der wird doch
auch in dieser Abhandlung Geib's höchst gewissenhaftes Studium
der Quellen der alten und modernen, der aus- und inländischen
Literatur, das Durchbachtsein und die consequente, geistreiche
Durchführung seiner Begründung mit steter Rücksicht auf praktische
Fälle, und auf die Verhältnisse und Bedürfnisse, wie sie im Leben
und auf dem Markte wirklich sind, sowie endlich Geib's scharfen,
kritischen Blick bereitwillig anerkennen. Auch dafür, daß Geib
bei all seiner vorzugsweis historischen Beschäftigung und Richtung
die Berechtigung des philosophischen Elements in der Rechtswissenschaft nicht übersah, ist diese Abhandlung ein Beweis (vgl.
z. B. pag. 114 f.). Näher auf Geib's Ansicht einzugehen, ist
an dieser Stelle der Ort nicht. Ein kurzes Referat könnte gerade
bei der Art dieses Gegenstandes und der Art, in der Geib ihn
behandelt, zu nichts führen; und eine eingehendere Besprechung
würde zu einer erheblichen Überschreitung des Raumes, zu dem
der Zweck dieser Seiten irgend berechtigt, führen müssen. Übrigens
gedenkt Schreiber dieses in einer diesen Fragen gewidmeten Monographie demnächst auch auf diese Ansicht unsres Geib näher
zurückzukommen.

Erwähnt sei hier nur, daß Geib sich (pag. 110 u. 111)
gegen die Ansicht derjenigen, die ein Recht auf Wahrheit an und
für sich annehmen und die Verletzung dieses Rechtes als zum
Thatbestande des criminell strafbaren Betruges genügend betrachten, auf das Entschiedenste ausspricht; zwar nicht mit eigner Begründung, aber das nur deshalb nicht, weil bereits andre Schriftsteller „die Unrichtigkeit der Ansicht mit so schlagenden Gründen
nachgewiesen haben", daß ein ferneres Verweilen dabei unnöthig

sei. (Vgl. Birnbaum im Archiv 1834 p. 527 ff.; Mittermaier in Demme's Annalen VI. und viele Spätere, während
von andren Neueren ja allerdings auch die entgegengesetzte Ansicht
wieder vertheidigt ist.)

Zwei Jahre nach der Veröffentlichung dieser Abhandlung
kam dann das Jahr 1842 heran, das Jahr, in welchem Geib's
Geschichte des römischen Criminalprocesses bis zum
Tode Justinian's erschien (Leipzig, Weidmann'sche Buchhand-
lung), die Frucht einer, wie gesagt, siebenjährigen rastlosen Arbeit. Gerade dieses Buch nun ist es, welches, wie dem Schreiber
dieser Blätter, so auch ohne Frage manchem Andren nicht nur die
Grundlage geworden ist für das Studium und die Kenntniß des
ganzen Feldes unsrer Wissenschaft, über welches es handelt, sondern dem auch ebenso zweifellos Viele jene hohe und fruchtbrin-
gende Anregung, welche die wahrhaft tüchtige Leistung auf den sie
Lesenden und Prüfenden hervorzubringen pflegt, verdanken. Es
muß dieses Werk zu denjenigen gestellt werden, die als ein Beispiel, welches zur Nachahmung anspornt, als ein Muster dafür,
wie der deutsche Gelehrte den hohen Standpunct seiner Wissenschaft auffassen und wahren soll, als ein Wegweiser für die Einrichtung eigner Forschung zu betrachten sind.

Geib hatte ja schon früher den innigen Zusammenhang erkannt, in welchem die Entwicklung des Criminalrechts und Criminalprocesses mit der ganzen Entwicklung des Lebens eines Volkes überhaupt steht und immer stehen muß. Er spricht das auch
in der Einleitung zu seinem römischen Criminalproceß aus: „wenn
es in der Natur der Sache liegt, daß das Civilrecht überall, wo,
in Folge höherer Ausbildung und daher auch größerer Verwick-

lung der Lebensverhältnisse, eine feinere Detailbestimmung erforderlich ist, seiner ursprünglichen Quelle, den allgemeinen Sitten
und Gebräuchen mehr oder weniger entrückt wird, und fast ausschließlich der Pflege der eigentlichen Juristen und der wirklichen
Gesetzgebung anheimfällt, so ist dieses bei dem Criminalrechte anders. Jene allgemeinen Sitten und Gebräuche sind hier vielmehr
fortwährend in dem Grade bestimmend, daß es beinahe für unmöglich gelten muß, durch Doctrin oder Legislation etwas anderes zum Recht zu erheben, als was durch das Bewußtsein des
Volks selbst hierfür anerkannt wird. Gerade durch diesen Zusammenhang des Criminalrechts mit dem ganzen übrigen Volksleben
aber erhält dasselbe nicht nur eine Frische und Individualität,
welche dem Civilrechte, und zwar namentlich da, wo dieses seine
höchste wissenschaftliche Vollendung erreicht hat, nothwendig abgehen muß, sondern es ist dasselbe zu gleicher Zeit auch der unverfälschte Spiegel für alle Erscheinungen, welche, in was immer für
einer Beziehung, die Schicksale eines Volkes berühren, und es
wirft die Bilder dieser Erscheinungen so lange, aber auch nur so
lange zurück, als diese selbst eben in der Wirklichkeit vorüberziehen. Wenn schon das Civilrecht als ein Maaßstab für die jedesmalige Bildungsstufe und für die gesammte Geschichte eines Volkes betrachtet werden darf, so ist dieses bei dem Criminalrechte
noch in ungleich größerer Ausdehnung der Fall."

Mit wie großem Interesse und mit welch' inniger Hingebung
Geib, der gründliche Kenner der Entwickelung des römischen Lebens, seine Geschichte des römischen Criminalprocesses bearbeiten
mußte, ist bei jener Erkenntniß und jenem Ausspruche klar. Er
trieb ja zudem so gern das Studium der, namentlich auch für diese

Arbeit besonders wichtigen, nichtjuristischen alten Schriftsteller. „Und", — schreibt Geib mir mit seiner auffallend schönen Hand- schrift unterm 6. Januar 1862, — „mit dem größten Interesse betrachte ich überhaupt jede literarische Erscheinung auf dem histo- rischen Gebiete des Strafrechts und Strafprocesses."

So arbeiteten ausdauernder, gründlicher Fleiß und begei- sterte Lust und Liebe gleichzeitig und gleichmäßig an dem Zustande- kommen des Werkes, das ich nicht mit Unrecht so hoch gestellt habe. Denn es ist dieses Buch die beste, bis zu diesem Augenblicke unerreicht dastehende Arbeit, welche wir über die Geschichte des römischen Criminalprocesses haben. Und mehr als das! Es ist sogar die einzige und es ist die erste umfassende und genügende Darstellung dieses ebenso interessanten als wichtigen Theiles der Rechtswissenschaft. Denn die Mangelhaftigkeit der älteren Werke, welche wenigstens versuchen, eine umfassende Darstellung der Ge- schichte des römischen Criminalprocesses zu geben, wie z. B. das des Sigonius, bespricht und beweist Geib in seinem Buche selbst. Die Neueren aber haben nicht einmal den Versuch gemacht, eine solche umfassende Darstellung zu geben, sondern nur, wenn auch zum Theil in sehr anerkennenswerther Weise, einzelne Puncte behandelt. Geib ist deshalb auch hier selbstständig vorangegan- gen und hat den Weg gezeigt und die Bahn gebrochen. Er ist ge- wissermaßen der Vater dieser ganzen Disciplin zu nennen. Auf den gründlichsten und gewissenhaftesten Vorarbeiten nun, auf der genauesten und liebevollsten Durchforschung, auf der detaillir- testen Kenntniß der römischen, juristischen wie nichtjuristischen, Schriftsteller und auf der intimsten Bekanntschaft mit der ganzen rechtlichen und staatlichen Entwickelung Rom's beruhend, zeigt

Geib's Werk den ganzen Gang, den die geschichtliche Entwickelung des römischen Strafverfahrens von den Königen bis zum Tode Justinian's genommen, in ebenso gründlich-wissenschaftlicher als spannender und interessanter Behandlung auf. Alles zugängliche Material hat Geib durchforscht, sorgfältig und wiederholt durchforscht; — deß ist jede Seite seines Buches ein Zeugniß, so daß es seiner ausdrücklichen Versicherung, er habe jeden einschlagenden Schriftsteller mehr als Ein Mal für seine Zwecke gelesen, wahrlich nicht bedurft hätte. Dieses Material ist dann in ebenso scharfsinniger als gewissenhafter Weise gesichtet und verarbeitet, die Resultate sind ebenso vorsichtig als sicher hingestellt worden. Es ist mit einem Worte nicht nur der positive Inhalt selbst, der lehrreiche, das positive Resultat bergende Kern, sondern auch die Art und Weise der wissenschaftlichen Arbeit und Darstellung, welche dieses Werk so groß und verehrungswürdig, welche es zu einem für alle Zeiten ehrenvollen Denkmale der deutschen Wissenschaft macht. Es ist hier aus dem harmonischen Verbundensein von eisernem Fleiß und vor keinem Hinderniß und keiner Arbeit zurückschreckender gründlicher Forschung, von seltener Befähigung zu der unternommenen Arbeit und liebevollster Hingabe an dieselbe, von genauer Kenntniß des Vorhandenen und freier schöpferischer Thätigkeit ein vollendet schönes Werk hervorgegangen, welches nicht nur den kritischen Verstand fesselt, sondern durch seine hohe geistige Vollendung auch zum Herzen spricht und den ganzen Menschen ergreift. Mir wenigstens hat als das höchste Kriterium für die wirkliche Vollendung der geistigen Schöpfung, für die echte Weihe des productiven Gelingens immer das erscheinen wollen, daß das Geschriebene — ganz gleichgültig, über welchen Zweig des wissenschaftlichen Lebens es handelt, — nicht nur den Verstand beschäftigt, sondern auch zum Herzen geht. Es kann das parador, Manchem im Munde eines Juristen doppelt parador klingen, und doch ist dem so und wird gewiß von Jedem, der sich in dieser Beziehung prüfen will, bestätigt werden. Die wirklich vollendete Schöpfung des menschlichen Geistes, — welcher Seite des Lichtes sie sich auch zuneigen möge, — sie regt nie blos den Verstand an, sondern sie zieht einen Jeden, der sich ihr nicht blos flüchtig und oberflächlich, sondern zu gründlichem Betrachten und innigerem Hingeben naht, mit seiner ganzen Seele zu sich und stärkt und erquickt Herz und Gemüth ebenso wie die Kräfte des Verstandes. Ist es die Bewunderung vor der großartigen durch Menschenkraft entstandenen Leistung, die uns das Herz erfüllt? Ist es das aus solchen echt wissenschaftlichen Werken gleichsam unmittelbare Sprechen des Geistes zum Geiste, das uns ergreift? Ist es die innige, herzerwärmende Freude über die Bereicherung unseres Geistes durch wahre, erschöpfende Belehrung, über das neue nun klar übersehene Feld, welches unserer Erkenntniß sich öffnet? Ist es jenes höchste Gut, „des Menschen allerhöchste", die schöpferische Kraft, die aus solchen Werken uns entgegenstrahlt und mit ihrem schöpferischen Hauche Alles belebt und erwärmt, was sich ihr naht? Was weiß ich! Aber die Thatsache steht fest und wird von Jedem mitempfunden werden, der sich nur je in die Werke der Meister seiner Wissenschaft, der Jurist in die S a v i g n y's, Eichhorn's, Wilda's, Wächter's versenkt hat.

Aus dieser Thatsache und nicht aus andern mehr zufälligen Erscheinungen (vgl. z. B. We i s k e, Vorrede zu seiner Ausgabe des Sachsenspiegels) ergiebt sich, beiläufig, auch im letzten Grunde die gänzliche Ungerechtigkeit des gewissen Wissenschaften oft gemachten Vorwurfes der nur den nüchternsten Verstand beschäftigenden Trockenheit, der vollständigsten Poesielosigkeit. Auch die Jurisprudenz ist ob dieser Thatsache nicht trockener und prosaischer als irgend eine andere Wissenschaft.

Jenes Kriterium für die Vollendung einer wissenschaftlichen Leistung trifft nun bei Geib's Werken über die Geschichte des römischen Criminalprocesses im vollsten Maaße zu. Man braucht nur die ersten edel und warm geschriebenen, klar-tiefen und tief-klaren Abschnitte zu lesen, um sich davon zu überzeugen. In höherem und innigerem Maaße wird der es empfinden, der sich einem eingehendern Studium des Werkes hingiebt. Darin aber liegt der Beweis für seine hohe Vollendung, die es den besten Werken unserer Wissenschaft ebenbürtig an die Seite setzt.

Trotzdem aber äußert sich Geib selbst auch in Beziehung auf dieses Werk mit der größten Bescheidenheit (p. VII.).

In demselben Jahre, in welchem die Geschichte des römischen Criminalprocesses erschien, und zwar schon vor dem Erscheinen derselben, war Geib auch die höchste Anerkennung in der Lebensstellung zu Theil geworden, die er selbst für die höchste und edelste hielt, d. h. er war auf die höchste Stufe des akademischen Lehrers gerückt, indem er am 2. Februar 1842 zum ordentlichen Professor für Criminalrecht und Criminal- und Civilproceß an der Universität Zürich ernannt worden war. Einen zwei Jahre später an ihn ergangenen Ruf nach Greifswald lehnte er ab. Geib hätte allerdings, obgleich er in Zürich wegen des Verkehrs mit manchen bedeutenden und ihm befreundeten Männern, namentlich mit seinem besten Freunde Mittler, mit dem er täglich verkehrte, sehr gern war, vorgezogen, in seinem Vaterlande zu wirken, wie er auch in einer seiner spätern Schriften einmal andeutet. Greifswald aber lag ihm zu entfernt von seiner Heimath. Er hätte von dort aus nicht, wie er zu thun gewohnt war, die jedesmaligen Ferien zu einem Besuche seiner Angehörigen benutzen können; und deshalb schlug er den Greifswalder Ruf aus. Und wieder zwei Jahre später, im Jahre 1846, verheirathete er sich mit der Tochter des Professors und Pfarrers Abegg in Heidelberg. Louise Abegg, einer nahen Verwandten des Criminalisten Abegg und des oben erwähnten Staatsraths von Maurer, die ihm eine treu anhangende, den Mann und seinen Werth wohl verstehende Lebensgefährtin war, die schon ihre Briefe, — auch ihrer persönlichen Bekanntschaft darf ich mich nicht rühmen, — als die geist- und herzvolle, Geib's würdige Frau erkennen lassen, und mit der er, wie der Freund Geib's, der Decan Georgii in Tübingen, in der dem Freunde gehaltenen Grabrede (gedruckt bei L. Fr. Fues in Tübingen) sagt, „im edelsten Einverständniß alle Obliegenheiten der Erziehung der Kinder theilte und die einzelnsten Aufgaben derselben mit väterlicher Treue leitete, in Allem ein Muster der Ordnung, treuen Fleißes, gewissenhaften Strebens."

In jene Zeit fallen dann zunächst wieder zwei höchst schätzbare Abhandlungen Geib's im Archiv (die fünfte und sechste), welche beide für seine überaus gründlichen Quellenstudien auf dem Gebiete des gemeinen deutschen Strafrechts das ehrenvollste Zeugniß ablegen. Daß Geib mit scharfem Blick erspähte, wo es noch Lücken in den uns bekannten gemeinrechtlichen Quellen gebe, welche dieser Lücken der Ausfüllung am bedürftigsten, daß ihm die Lückenhaftigkeit als ob ihm in seinem Theuersten etwas fehle,

zu Herzen ging und er keine Mühe scheute, eine Ausfüllung nach
Kräften zu bewirken, — dafür sind diese beide Abhandlungen ein
Beweis.

Die erste derselben findet sich im Jahrgange 1845 des Archivs p. 105—143 und 174—213 und ist betitelt: „Beitrag
zur Geschichte des deutschen Strafrechts. Das Correctorium zur
Bamberger Halsgerichtsordnung." Sie bezieht sich auf die ein
Jahr vorher von Hohbach gemachte, ebenfalls im Archiv veröffentlichte Entdeckung des Correctorii in der bambergischen Halsgerichtsordnung. Auch Geib war der Fund schon vor der Entdeckung bekannt geworden, und er hatte im Begriff gestanden,
seine eigene Entdeckung zu veröffentlichen, als Hohbach ihm zu-
vorkam. Geib hält nun zwar die eigene Schrift, die er in Bezug hierauf zu publiciren im Begriff gestanden hatte, zurück; giebt
aber in der Abhandlung im Archiv doch dasjenige aus derselben,
wodurch Hohbach's Mittheilungen „entweder ergänzt werden, oder
wodurch jedenfalls der eigentliche Werth derselben erst das gehörige
Licht erhalten soll."

Diese Geib'schen Mittheilungen enthalten nun wiederum
ebensowohl sehr viel höchst Lehrreiches und Nutzbares als sie den
Beweis liefern von Geib's ernstem, tiefen Forschen, seiner gewal-
tigen Kenntniß der Quellen und Schriftsteller und davon, wie er
keine Mühe und Arbeit scheute, der Wissenschaft zu dienen, namentlich seine Correspondenz mit Jäck und seine persönlichen Nach-
suchungen in Bamberg geben dafür ein Zeugniß. Einen Auszug
zu geben, eignet sich nach ihrem ganzen Eins aus dem Andern
entwickelnden Charakter auch diese Abhandlung nicht. Wer sie
aber noch nicht kennt und ihrer Lectüre sich widmen will, der wird

das Gesagte bestätigt und namentlich auch in den hier zuerst ab-
gedruckten Stellen des Correctorii, in der tiefeingehenden Besprechung des bambergischen Rechtslebens und den daraus sich
ergebenden Beurtheilungsmitteln der Carolina einen reichen Lohn
finden.

Die zweite dieser beiden historischen und dem Studium der
Quellen des gemeinen deutschen Rechts gewidmeten Abhandlungen
(Jahrgang 1847. p. 352—389 und p. 521—566) enthält
einen, nicht minder werthvollen, überaus tiefen und geistreichen
„Beitrag zur Erklärung des Art. 159 der P. G. O." und beschäftigt sich insbesondere mit der Frage: „was heißt „Behaltung""? Es ist diese Frage aber höchst wichtig für die Entscheidung der Frage, welches der Ort sei, an dem der im Art. 159
der Carolina genannte f. g. gefährliche Diebstahl, — Diebstahl durch Einbrechen, durch Einsteigen und mit Waffen — begangen werden kann; und wiederum der damit im nahen Zu-
sammenhange stehenden Frage, welches der legislative Grund sei,
aus dem die im Art. 159 genannten Diebstähle besonders hart
bestraft werden.

Auf beide Fragen werfen Geib's Ausführungen ein helles
Licht, wenn er auch ausdrücklich nur die nach dem Orte bespricht.

Bekanntlich nennt der Art. 159 als diesen Ort die „Behausung oder Behaltung" eines Menschen; und man hat darüber gestritten, was unter „Behaltung" zu verstehen sei. Die Einen,
zuerst Remus, meinten, unter „Behaltung" seien im Gegensatz
von Gebäuden (Behausung) kleinere Aufbewahrungsgegenstände,
wie Kisten, Kasten, Koffer, Schränke ꝛc. zu verstehen, — und
diese Meinung wurde sehr verbreitet (auch Feuerbach theilt

sie) und in der Praxis die herrschende. Nach Andren, — namentlich seit G r o l m a n n, — sollte der Ausdruck „Behausung" oder
„Behaltung" ein gewissermaßen tautologischer sein, und wären demnach unter „Behaltung" ebenso wie unter „Behausung" Gebäude
zu verstehen, nur im Gegensatze von wirklichen Wohnhäusern mehr
unbewohnte Gebäude, namentlich Scheunen, Ställe, Vorraths-
kammern, Gartenhäuser ꝛc., — und diese Ansicht ist wieder von
den neueren Criminalisten fast allgemein adoptirt worden (vergl.
nur die in Note 28 zu G e i b's Abhandlung Citirten).

G e i b dagegen verwirft Beides. Er führt vielmehr aus,
daß die Anwendung des Art. 159 ein wirkliches Wohngebäude,
und zwar schlechthin ein solches voraussetzt, nur freilich in der
Art, daß es keinen Unterschied mache, ob der Diebstahl selbst auch
in diesem Wohngebäude Statt gefunden habe, oder ob er bloß in
den dazu gehörigen und mit demselben als wesentlich verbunden zu
denkenden Theilen, gleichviel ob diese Theile dann wirkliche Gebäude seien oder nicht, begangen worden sei. Demnach ist nach
G e i b's Ansicht der Art. 159 ausgeschlossen: einmal, wenn das
Verbrechen zwar in Gebäuden begangen wird, diese Gebäude aber
weder zu eigentlichen (menschlichen) Wohnungen bestimmt sind,
noch auch als wirkliche Zubehöre solcher Wohnungen sich darstellen,
wie z. B. einzeln stehende Scheunen, Schoppen, Vorrathshäuser,
Gartenhäuser ꝛc.; zweitens, wenn die Gebäude zwar zu Wohnungen bestimmt, allein in der That entweder nicht wirklich bewohnt
oder doch bereits wieder verlassen sind, vorausgesetzt nur, daß in
dem letzten Falle dieses Vorhandensein nicht etwa zufällig oder
vorübergehend ist; drittens, wenn es sich um solche Aufenthalts-
orte handelt, in denen zwar, wie z. B. in Schiffen, Zelten, Bu-

den, Reisewagen rc. zur Zeit des begangenen Verbrechens sich
Menschen aufhalten, welche aber dessen ungeachtet nach ihrer ganzen Bestimmung nicht als wirkliche Wohnungen, d. h. nicht als
bleibende Wohnhäuser erscheinen. Dagegen soll nach Geib's
Auffassung der Art. 159 Anwendung finden eines Theils, wenn
die Gebäude, wo das Verbrechen geschieht, integrirende Bestand-
theile eigentlicher Wohnungen sind, wie das z. B. bei Scheunen,
Ställen, Kellern und überhaupt bei allen Ökonomiegebäuden gewiß die Regel ist; andern Theils, wenn das Verbrechen gar nicht
in Gebäuden, wohl aber, z. B. an aufgehäuftem Holz, an Acker-
geräthschaften und dergl. innerhalb eines Ortes verübt wird, der
mit einer eigentlichen Wohnung durch Mauern, Gräben, Zäune
u. s. w. in der Weise verbunden ist, daß beide zusammen ein abge-
schlossenes und unzertrennliches Ganze bilden. Mit einem Worte:
Geib's Absicht geht dahin, daß die Diebstähle, von denen der
Art. 159 redet, nur möglich sind in einem Wohnhause und in
dem zu diesem Wohnhause gehörigen Hofe. „Behausung" bezeichnet den Begriff „Wohnhaus", „Behaltung" den Begriff „Hof" oder
„Hofraum", und zwar denjenigen Hof oder Hofraum, welcher als
Zubehör eines Wohngebäudes erscheint.

Diese Ansicht, so bestreitbar und bestritten sie in ihrem
Resultate auch ist, wird nun in einer äußerst feinen und eleganten Weise und mit der größesten Consequenz durchgeführt.
Sie ist zugleich so tief durchdacht und so geistreich geschrieben und
beruht auf einer so gründlichen und doch maaßvoll benutzten Kenntniß der einheimischen Rechtsentwicklung und des Rechtslebens anderer Völker, daß diese Abhandlung, wie man auch über das von ihr
aufgestellte Resultat denken möge, vielleicht die lesenswertheste von

allen Geib'schen im Archive ist. Wer sie liest, wird nicht nur mit vielen neuangeregten Ideen, sondern auch mit einer hohen Achtung vor der deutschen Wissenschaft und Wissenschaftlichkeit von ihr scheiden.

Auch die Art dieser Abhandlung eignet sich jedoch weniger zu eingehenderem Referat. Es sei hier deshalb nur aufmerksam gemacht auf die vortreffliche Kenntniß und Benutzung der Stadtrechte, auf die gründlichen sprachlichen Untersuchungen; auf die höchst interessanten und geschickt benutzten Bemerkungen über die Heiligkeit des Hauses; auf die ebenfalls sehr fein benutzte „Friedens"-Idee im deutschen Rechte; und auf eine Fülle von feinen und eleganten Bemerkungen, die in dieser Abhandlung sich finden. Diese Vorzüge der Geib'schen Abhandlung, sein Scharfsinn und seine lehrreiche Darstellung müssen auch von denjenigen anerkannt werden, die im Resultat andrer Ansicht sind, wie das z. B. auch noch kürzlich von Schwarze, Das Verbrechen des ausgezeichneten Diebstahls, p. 13 ff., geschehen ist.

Geib hatte es richtig erkannt, wie unerläßlich auch zu der hier von ihm besprochenen Frage ein gründliches historisches Studium sei. Er äußert auch am Eingange dieser Abhandlung, daß die Interpretation des Art. 159 wegen des Mangels an echt historischem Sinne, an echt historischer Methode bisher nicht gegeglückt sei, und klagt wieder lebhaft über diesen Mangel. Es gehen diese wiederholten Klagen aber stets nur aus bester Absicht, aus der innigsten Theilnahme an der Entwickelung und dem Gedeihen unserer Wissenschaft hervor. Sie sind kein griesgrämliches noch grundloses Schelten, noch ein stetes Unzufriedensein und sich selbst überschätzendes Nichtanerkennenwollen Anderer. Denn die Erkennt-

niß der Nothwendigkeit einer historischen Behandlung der Straf-
Rechtswissenschaft ließ damals allerdings noch Manches zu wünschen übrig; und was wirklich Anerkennung verdiente, das erkannte auch Geib ungetrübten Blickes an, wie z. B. die treffli-
chen Arbeiten Wächter's, von denen er mit Recht sagt, daß sie
„als wahre Muster einer richtigen und fruchtbaren Methode gelten
können", also durchaus anerkennt, was wirklich auf Anerkennung
Anspruch machen konnte.

Zu gering wird dagegen Köstlin von Geib angesehen und
die ihm auf Seite 354 zu Theil werdende Beurtheilung hätte in
Form und Inhalt wohl milder ausfallen müssen. Doch ging auch
hier Geib's tadelnder Ausspruch nur aus dem lebhaften Interesse
an seiner Wissenschaft und der festen, wenn auch vielleicht zu exclu-
siven Überzeugung hervor, daß das historische Element im Recht
nicht hinlänglich berücksichtigt werde. Köstlin seinerseits ist dann
übrigens die Antwort nicht schuldig geblieben, (vergl. Kritische
Überschau, 3ter Band, 1856. p. 154 und 155, Note 6).

Außerdem veröffentlichte Geib während der Dauer seiner
Thätigkeit an der Züricher Hochschule noch ein anderes des Lehrreichen viel enthaltendes Werk, welches sich auf einem ganz andern
Gebiete als die beiden zuletzt angeführten Abhandlungen bewegt
und allein genügt, um Geib gegen jeglichen Vorwurf der Einseitigkeit zu schützen; nämlich die im Jahre 1848 erschienene Reform des deutschen Rechtslebens. Leipzig, Weidemann,
(200 S.).

In der Vorrede spricht Geib seine Theilnahme an den politischen Ereignissen der damaligen Zeit aus, die er, wenngleich im
Auslande, mit Interesse verfolgt. Auch seine Hoffnungen waren

damals einigermaßen hoch gespannt, und er scheint die der Bewegung jener Zeit folgende Zukunft sehr günstig beurtheilt und die aus der Bewegung zu erwartenden Folgen überschätzt zu haben. Aber damals die volle Ruhe des Urtheils in politischen Dingen sich bewahrt zu haben, möchten nur Wenige von sich behaupten dürfen. Und außerdem thun seine allgemein politischen Hoffnungen der Behandlung des speciellen Gegenstandes keinen Abbruch, dem sein Buch gewidmet ist.

Dieser Gegenstand ist die in jener Zeit ja auch so lebhaft angeregte und geforderte Reform des Rechtszustandes, die Aufgabe der Gesetzgebung in jener Zeit. Geib behandelt ihn in fünf Abschnitten, die folgende Überschriften führen:

1. Das Leben und die Wissenschaft,
2. Die Nothwendigkeit allgemeiner Gesetzbücher,
3. Grundzüge der neuen Gesetzbücher,
4. Redaction der neuen Gesetzbücher und
5. Die Fortbildung des deutschen Rechtslebens.

Gleich im ersten Abschnitte tritt wieder Geib's warmes Interesse für das wirkliche Leben, seine stete, durch seine gründlichen historischen Forschungen in Nichts beeinträchtigte Berücksichtigung der praktischen Bedürfnisse und der lebendigen Gegenwart hervor. Er betont auch hier wieder den innigen Zusammenhang des Rechts mit dem gesammten übrigen Leben des Volkes. Deshalb sei, wenn wirklich eine neue Zeit für die politische Gestaltung Deutschlands angebrochen sei, auch eine Umgestaltung und Reform des Rechtes nöthig; nur davor hätten wir uns zu hüten, „daß wir nicht wieder in eine ähnliche Verkehrtheit verfallen wie im funfzehnten Jahrhunderte, daß wir nicht am Ende gar statt des

Einheimischen etwas Fremdes schaffen, und gleich wie damals das
römische und kanonische, so jetzt vielleicht das französische oder englische Recht gedankenlos zu dem unsrigen machen." (p. 6).

Geib untersucht in diesem Abschnitte sodann die Frage,
welche Stellung den eigentlichen Rechtsgelehrten und der Wissenschaft, gegenüber dem Verlangen der Zeit und des Volkes, gegenüber den Forderungen des Lebens, anzuweisen sei; und bespricht
diese Frage mit besonderer Beziehung auf die s. g. historische
Schule. Er kommt zu dem Resultate, daß die echte historische
Schule sich nicht gleichgültig verhalten dürfe noch könne zu dem
neu entstehenden Recht, sondern vielmehr lebhaften Antheil an seiner Fortbildung und Umgestaltung nehmen müsse. Vielleicht
beurtheilt er dabei (vgl. seinen oben angeführten zu weit gehenden
Tadel Köstlin's) die s. g. historisch-philosophische Richtung nicht
ganz richtig. Jedenfalls sind aber seine Ausführungen immer
scharf durchdacht, elegant ausgeführt und zeigen eine ebenso genaue
Kenntniß des ältern, römischen und deutschen, Rechts als des modernen Rechtszustandes der verschiedenen Länder. Von besonderem
Interesse sind in diesem Abschnitte die wieder eingestreuten Bemerkungen über den Gegensatz von antiquarischer und historischer Methode; auch lernen wir Geib's politische Parteistellung aus diesem Abschnitte kennen. Er bekennt sich (p. 24), den Radicalismus
wie den Conservatismus verwerfend, zum Liberalismus (im damaligen Sinne des Wortes), und behauptet sogar, daß jeder historische Jurist nothwendig liberal sein müsse. Was in diesem
Ausspruche Übertriebenes und Einseitiges liegt, erklärt und ent-
schuldigt sich aus jenen, auch den Besonnenen so vielfach zu Übertreibungen verleitenden Zeiten. Mit Recht aber eifert Geib ge-

gen die irrige Auffassung, daß nur solche Rechtsbegriffe, deren
Quelle in frühern Zeiten und Zuständen zu finden sei, den Gegenstand historischer Bearbeitung bilden könnten.

Im zweiten Abschnitte begründet er die Nothwendigkeit, daß
die neuen Gesetzgebungen, zu deren Erlaß die Wissenschaft die
Hand bieten müsse, nicht in Particulargesetzgebungen, — sondern
in einer allgemeinen Nationalgesetzgebung bestehen müssen.

Geib prüft zunächst unbefangenen Blickes die Vortheile,
welche die Particulargesetzgebungen gegenüber einer großen gemeinsamen Gesetzgebung bieten; und knüpft die Zulassung der letzteren
an zwei nothwendige Bedingungen, welche die Particulargesetzgebungen erfüllen: einmal nämlich daran, daß die allgemeine Gesetzgebung mindestens eine ähnliche Beweglichkeit und Geschmeidigkeit erhalte wie die Particulargesetzgebungen, sodann, daß sie in
gleicher Weise wie die letzteren im Stande sei, dem Rechtsbewußtsein des Volkes in allen und jeden Beziehungen zu genügen, mit
andern Worten, daß in dem Rechtsbewußtsein der deutschen Volks-
stämme zur Zeit wirklich eine Übereinstimmung und Gleichförmig-
keit eingetreten sei; indem wenn sie diese Bedingungen nicht erfülle,
eine allgemeine Gesetzgebung nicht gut zu heißen, sie vielmehr zu
unterlassen sei. Indem er die erstgenannte Frage auf eine spätere
Stelle verschiebt, erörtert er zunächst nur die letztere, sie in Bezug
auf die einzelnen Theile des Rechtsgebietes, zunächst das Criminalrecht, dann die beiden Processe, dann das Handelsrecht und endlich das übrige Civilrecht einzeln prüfend. Er bejaht sie, hält
eine gemeinsame Nationalgesetzgebung also für thunlich und wünschenswerth in Bezug auf die erstgenannten, wobei er dieses oder
jenes Verhältniß vielleicht zu günstig beurtheilt; er verneint sie und

hält eine solche für nicht wünschenswerth, ja nicht einmal nothwendig in Bezug auf das Civilrecht, hier vielleicht im Gegentheil
ab und an zu schwarz malend. Auf diesem Gebiete soll nur
die Particulargesetzgebung bessernd und reformirend thätig sein.
Dann, hofft Geib, würde wie beim Strafrecht dasselbe Verhältniß des wechselseitigen Ergänzens, Verbesserns und Fortschreitens,
des beständigen Sichablösens und Auseinanderhervorgehens und
eben damit des immer größeren Aneinanderanschließens und Sich-
verschmelzens eintreten, so daß wir auch hier endlich eine wirkliche
Übereinstimmung und Gemeinsamkeit unseres Rechts und sonach
mit den Bedingungen der Möglichkeit einer allgemeinen Gesetzgebung zugleich die Garantien für deren Vorzüge und Wünschbar-
keit erhalten werden. Dabei will Geib im voraus nicht bestimmen, zu welchem Zeitpunct ein gemeinsames Civilgesetzbuch in An-
griff genommen werden könne; und hofft nur, daß das, Falls jeder
Staat seine Aufgabe erkenne, in einer nicht zu fernen Zukunft geschehen könne. Bekanntlich hält man diesen Zeitpunct und diese
Zukunft gegenwärtig für gekommen, — um so mehr sind gerade
gegenwärtig Geib's Betrachtungen über die deutsche legislatorische
Frage, — ohne daß man ja auch hier nöthig hätte, ihnen in
allen Puncten beizustimmen, — bei seinem edlen Eifer für die
Sache, seinen reichen Kenntnissen und seinem durchdringenden
Urtheil wieder besonders beachtens- und prüfenswerth.

Im dritten Abschnitte, — er ist der längste, dreifünftel des
Ganzen ausmachend, — kommt er dann auf die Grundzüge selbst,
wie sie nach seiner Ansicht die neu zu veranstaltende Gesetzgebung
enthalten müsse. Obwohl Geib an dieser Stelle auch nur in seinen einzelnen Umrissen nicht den Plan vorzeichnen will; nach dem

die neuen Gesetzbücher auszuführen seien, sondern nur diejenigen Puncte hervorzuheben beabsichtigt, welche die eigentliche Grundlage jener Gesetzbücher bilden sollen, — so finden wir doch in diesem Abschnitte eine wahre Fülle von frucht- und nutzbaren und geistvollen Ideen über die Frage einer gemeinsamen deutschen Gesetzgebung, namentlich in Bezug auf die Civilproceß-Gesetzgebung.

Für das Civilrecht werden solche Grundzüge hier natürlich nicht gegeben, da auf diesem Gebiete nach Geib's Ansicht eine gemeinsame Gesetzgebung damals überhaupt noch nicht an der Zeit war. Nur das will er in Bezug auf ein für die Zukunft zunächst durch die Particulargesetzgebungen anzustrebendes gemeinsames Civilrecht geltend machen, daß man bei Abfassung dieser Particulargesetzgebungen „die Bande des römischen Rechts immer mehr zersprengen und dem freien Wachsthume der wahrhaft deutschen Ansichten und Rechtsbegriffe Bahn brechen muß", was, natürlicher Weise, nicht so zu geschehen habe, „daß man, ähnlich wie es schon oft ein lächerlicher Purismus in der Sprache versucht hat, überhaupt Alles nur eben um deswillen zu verbannen sich bemüht, weil bei Anstellung einer genauen Ahnenprobe sich zeigt, daß die ersten Wurzeln desselben nicht in vaterländischem, sondern in römischem Boden zu suchen sind", (p. 51).

Auch über die — inzwischen ja zum Abschluß gekommene — Frage nach einem gemeinsamen deutschen Handelsrechte werden auf p. 52 u. 53 nur einzelne kurze Bemerkungen gemacht.

Der ganze Abschnitt ist demnach fast ausschließlich der Besprechung der Frage in Bezug auf den Civilproceß (p. 53—89); den Criminalproceß (p. 89—143) und das Criminalrecht (p. 143—169) gewidmet. Namentlich das über den

Civilproceß Gesagte enthält, und wieder besonders in der Durch-
sprechung des französischen Civilproceßes, sehr viel Lehrreiches und
Beachtungswerthes. Manches von Geib noch Angeregte ist allerdings zwischen damals und heute wenn auch noch nicht formell
zu gemeinsamem Rechte erhoben, so doch als entschieden zu betrachten; aber auch dieses vom Standpuncte jener Zeit aus heutzutage wieder zu lesen und, sich gleichsam um jenen Zeitraum zu-
rückversetzend, unbefangen und unbeirrt durch das inzwischen neu
Entstandene zu durchdenken, ist ebenso interessant als lehrreich.
Geib aber schrieb vor jenem Zeitraume und ohne die Erfahrungen, die inzwischen gemacht worden sind. Er schrieb außerdem in
bewegter, aufgeregter Zeit und nimmt in Folge dessen wohl, wie
ja so ziemlich alle, auch die wissenschaftlichen, Schriften jener Zeit,
die sich mit Tagesfragen beschäftigen, hier oder da einen etwas
oratorischen, leidenschaftlichen Ton an, den man eher auf der Tri-
büne im Feuer der parlamentarischen Debatte als in einer der
Ruhe und Überlegung so sehr bedürftigen wissenschaftlichen Arbeit
suchen könnte. Daß Geib dabei aber nie unschön wird, daß er
nicht in eine verwerfliche Form der Polemik verfällt und daß er,
wenn auch erbittert und heftig, so doch nie grob und plump fech-
ten kann, das sagte ich schon. Auch thut die hier und da erregte
Diction und scharfe Form dem Kern und Wesen des Buchs keinen
Abbruch, und Geib hatte deshalb in der That nicht nöthig,
nachdem ihm selbst bei nochmaligem Durchlesen „der Ton der Darstellung mitunter ein etwas zu leidenschaftlicher, der Tadel gegen
diese oder jene der jetzt mit besondrer Vorliebe vertheidigten Ansichten oft ein etwas zu scharfer und schneidender" erschien, deshalb das Ganze noch einmal umzuarbeiten (vgl. p. V). Auch so

ist das Werk in der Sache höchst beachtenswerth, durch seine Form nicht störend, sondern eher vielleicht auch gerade durch diese besonders interessant, weil besonders prägnant Geib's scharf eindringendes und entschiedenes Urtheil zeigend.

Es werden in der den Civilproceß betreffenden Besprechung zunächst einige Puncte, die Abschaffung der Patrimonialgerichtsbarkeit, die Aufhebung der privilegirten Gerichtsstände, die Trennung der Justiz von der Verwaltung und die Trennung der streitigen von der freiwilligen Gerichtsbarkeit kurz berührt und dann andre hierhergehörige Puncte, das französische Notariat, die Errichtung von Collegialgerichten auch für die erste Instanz, die Begünstigung der Schiedsgerichte, die Hebung des Advocatenstandes zum Theil wenigstens näher besprochen. Von diesen ist namentlich die Parthie über den deutschen Advocatenstand sehr warm und, — wohlverstanden immer für die damalige Zeit, — treffend geschrieben.

Indem Geib sodann auf die Besprechung des civilprocessualischen Verfahrens selbst kommt, findet er es natürlich, daß man im Begriff, dasselbe zu reformiren, den Blick zunächst auf Frankreich und die Rheinlande richtet, in welchen Ländern die bei uns einzuführenden Reformen bereits in praktischer Geltung. Er gesteht auch dem französischen Civilprocesse große Vorzüge und Benutzbarkeit bei unsrer Reformation zu, warnt aber auf das Entschiedenste vor einer bloßen Überarbeitung oder gar Übersetzung des Code de procédure und faßt seine Überzeugung dahin zusammen, daß „wir nicht bloß in einer Reihe einzelner Lehren, sondern selbst in den wesentlichsten Grundgedanken von demselben abweichen, daß die eigentlichen Fundamente unsres neuen Proceß-

gebäudes nothwendig andre werden müssen." Um dies zu be-
zwecken, geht Geib auf eine Betrachtung des ganzen Ganges des
französischen Verfahrens ein (p. 68 ff.). Er verlangt namentlich
Streichung des friedensrichterlichen Vermittlungsinstitutes und
Verwerfung des f. g. ersten Verfahrens, wie diese im französischen
Recht sich finden, entschiedene Abweichung von diesem in Bezug
auf alle diejenigen Puncte, welche sich, sei es mittelbar oder un-
mittelbar, auf die Mündlichkeit beziehen 2c. Überall bietet die
Darstellung uns Resultate, die aus der kenntnißreichsten Vergleichung der verschiedenen älteren wie modernen Rechte hervorgehen
und aus einer höchst einsichtsvollen und gründlichen Betrachtung
des französischen Civilproceßes. Mit einer der besprochenen Fragen,
nämlich der, ob der Zeugenbeweis auf die Proceße geringeren Ob-
jectes einzuschränken sei, wird sich nächstens auch der deutsche Ju-
ristentag zu beschäftigen haben, vgl. deutsche Gerichtszeitung
Nr. 49 von 1863, und namentlich auch diesem möge eine Beachtung der Geib'schen Ausführung empfohlen sein.

Auch über die beabsichtigte Reform des Strafproceßes giebt
Geib eine gründliche, lehrreiche und auf tiefster Kenntniß der
Sache wie steter scharfsinniger Vergleichung mit dem alten und
modernen Strafverfahren andrer Länder beruhende Auseinandersetzung. Er bespricht die Einführung der Öffentlichkeit und Mündlichkeit des Strafverfahrens, die Errichtung der Schwurgerichte
und der — daraus ganz selbstverständlich folgenden — Verwand-
lung des Inquisitions- in das Anklage-Verfahren. Er verwirft
entschieden die Anlehnung der Reform an das französische Strafverfahren und glaubt, daß sich auch aus dem englischen Straf-
proceßrechte nur Einiges, wenn auch sehr Wichtiges entlehnen

laſſe, — und die Begründung dieſer ſeiner Anſicht enthält auch
noch für den heutigen Tag, namentlich für eine eventuelle fernere,
vom franzöſiſchen Verfahren ſich mehr entfernende Reform unſres
Strafproceßes viel höchſt Brauchbares. Geib ſieht namentlich,
was bei der wirklich vorgenommenen Reform bekanntlich durchaus
nicht genügend geſchehen, dem eigentlichen Weſen des franzöſiſchen
Strafproceßes und deſſen Erklärung durch ſeine Entſtehung ſehr
tief auf den Grund, und bezeichnet das Ganze als ein „großarti-
ges Taſchenſpielerkunſtſtück". Er beleuchtet die daraus erwachſen-
den Mißſtände und gänzliche Unbrauchbarkeit für Deutſchland und
knüpft deshalb ſeine Beſprechung hier auch nicht an das franzöſi-
ſche Verfahren an, ſondern faßt die Principien der Öffentlichkeit,
Mündlichkeit, Anklageſchaft und Schwurgerichte für ſich in's Auge,
indem er daneben, „gleichſam zur Probe ihrer praktiſchen Brauch-
barkeit", nicht nur der franzöſiſchen, ſondern auch der engliſchen
und römiſchen und altgermaniſchen Einrichtungen gedenkt. Die
Beſprechung erfolgt unter Eintheilung in das Vor- oder Inſtruc-
tionsverfahren und das Haupt- oder Audienzverfahren. Alle in
beides einſchlagenden wichtigeren Fragen, die richtige Verbindung
von Accuſations- und Inquiſitionsverfahren, die Privatanklage,
das ministère public, ausnahmsweiſer Ausſchluß der Öffentlichkeit, Bildung der Schwurgerichte, Meinungsverſchiedenheit zwi-
ſchen der Majorität des Richtercollegii und den Geſchwornen über
die Schuld, Trennung von That- und Rechtsfrage, Zahl der
Stimmen, die zur Verurtheilung genügen u. ſ. w. werden in,
wenn auch meiſt kurzer und andeutender, ſo doch immer, auch da,
wo man im Reſultat andrer Meinung ſein muß, ſehr anregender
und wohl zu beachtender Weiſe beſprochen.

Den Schluß dieser dritten Abtheilung bildet dann die Besprechung der Art und Weise, wie die Reform des materiellen Strafrechts einzurichten sei. Geib geht hier von der Ansicht aus, daß 1848 in Folge der wesentlichen Übereinstimmung der Particularstrafgesetzgebungen ein beinahe bis in das kleinste Detail wirkliches gemeines Strafrecht existirt habe, — eine Ansicht, die für den heutigen Tag jedenfalls schon durch das inzwischen erschienene auf französischer Grundlage beruhende preußische Strafgesetzbuch erheblich modificirt ist. Er handelt im Einzelnen dann hauptsächlich über die Eintheilung der strafbaren Handlungen, die Nothwendigkeit einer wenigstens theilweisen Popularisirung der Strafgesetzgebung (der einzuführenden Schwurgerichte wegen), die Strafmilderungsgründe, die einzelnen Strafarten, namentlich auch Todes- und Freiheitsstrafen. Ich verzichte auch hier darauf, so groß die Versuchung auch ist, in's Einzelne die von ihm ausgesprochenen Ansichten zu besprechen. Es sei mir jedoch gestattet, wenigstens in Bezug auf die von ihm behandelten Strafarten auf Geib's Meinung über zwei derselben, die beiden letztgenannten, die ja noch in diesem Augenblicke von größter Wichtigkeit und Gegenstand lebhaften Streites sind, mit ein paar Worten einzugehen.

Zunächst die Todesstrafe anlangend, so spricht Geib zuerst aus, worüber Alle einig sind, daß diese Strafart heutzutage nur noch in sehr sparsamem Maaße anzuwenden ist, — weshalb er nicht mit Unrecht den ganzen erbitterten und echauffirten Streit über die Todesstrafe als mit dem dadurch zu erreichenden Ziele in sehr grellem Mißverhältniße stehend bezeichnet.

Er wirft sodann die Frage auf, ob die Todesstrafe überhaupt, auch in so sparsamem Maaße, d. h. auch nur für die beiden Verbrechen, für die er ihre Beibehaltung verlangt, für Hochverrath und Mord, gerechtfertigt sei; und die beiden Seiten, die darüber in Geib's „Reform" handeln, wiegen schwerer, als so manche Monographie, namentlich auch von denen, die nach dem Erscheinen von Geib's Reform, der Wissenschaft nicht zur Förderung, ihren Verfassern nicht zum Ruhme, über die Todesstrafenfrage erschienen sind. Jene zwei Seiten wiegen schwerer, weil sie mehr gute Gründe und mehr zum Nachdenken Anregendes enthalten, als jene Monographieen, deren Leistungen selbst den mäßigsten Anforderungen vielfach nicht genügen und statt dessen oft zu überflüssigen Wiederholungen von längst und besser Gesagtem oder zu Beweisführungen greifen, die einem wissenschaftlichen Manne wenig zur Ehre gereichen und ganz in eine Kategorie fallen mit den, von Geib an einer andren Stelle seines Buches behandelten, nicht immer ganz ehrenhaften Advocatenkunststücken früherer Zeit, von denen sie sich aber durch einen geringeren Grad von Geschicklichkeit unterscheiden.

Sie wiegen aber auch schwerer, weil Geib ruhig und besonnen prüft und das von ihm für richtig Erkannte in dem leidenschaftslosen Tone ausspricht, welcher der wissenschaftlichen Behandlung allein würdig ist und sich fernhält von dem in letzter Zeit in Bezug auf diese Frage von gewissen Seiten angenommenen Tone, der, man mag nun noch so innig von der Richtigkeit der eigenen Ansicht überzeugt sein, unter allen Umständen unangemessen ist.

Geib aber macht in der ruhigsten wissenschaftlichen, nicht declamatorischen Weise darauf aufmerksam, wie grundverkehrt es sei, bei Entscheidung legislativer Fragen (also auch bei der über Beibehaltung oder Abschaffung der Todesstrafe), nur den Maaß-stab der absoluten Vernunftmäßigkeit anzulegen und, unbekümmert um die Forderungen und Bedürfnisse seiner Zeit, sowie um die Ansichten und Wünsche seines Volkes, eine jede Gesetzgebung so einrichten zu wollen, als ob sie für Menschen gelten solle, die ge-rade in diesem Augenblicke erst aus der Hand des Schöpfers her-vorgegangen seien. Nur unter der Voraussetzung eines so verkehr-ten Handelns aber lasse sich allenfalls zur gänzlichen Aufhebung der Todesstrafe kommen. Wer dagegen, wie es allein richtig, be-denkt, daß eine Gesetzgebung nur dann eine feste Unterlage erhält, wenn sie gerade an ihre Zeit und das Bewußtsein ihres Volks sich anlehnt; wer die Beantwortung der Frage im Leben unsres Vol-kes sucht, der werde die Todesstrafe mindestens für die beiden ge-nannten Verbrechen noch beibehalten müssen. „Das Rechtsbewußt-sein des deutschen Volks", sagt Geib p. 158, „würde sich ent-schieden verletzt fühlen, wenn wir auch den Hochverräther, der, als Feind seines Vaterlandes, durch Anarchie und Umsturz aller Verhältnisse das namenloseste Elend über Land und Volk gebracht, wenn wir auch den Mörder, der mit kaltem Blute seinem Opfer das Leben genommen, nur mit derselben Strafe wie irgend einen andren Verbrecher belegen wollten. Wahrlich, der gesunde und unverfälschte Sinn des Bürgers und Bauern würde durch jede derartige Strafe jenen Mörder und Hochverräther nicht nach Verdienst, nicht nach den Forderungen der Gerechtigkeit für bestraft halten; und anstatt also einen Fortschritt der Legislation, einen Triumph der Humanität und des Liberalismus hierin zu er-blicken, würde er unsre Neuerung nur als leere Phantasterei oder

frivole Leichtfertigkeit ansehen. Wer aber über eine solche Verletzung und Verhöhnung des Volksbewußtseins sich dadurch hin-
wegsetzen kann, daß er dasselbe etwa als blindes Vorurtheil betrachtet, mag auf alles Andre, aber nur nicht auf den Namen
eines Juristen und Legislators Anspruch machen."

Eine Veränderung dieses Volksbewußtseins kann allerdings
nach Geib schon sehr bald eintreten. Aber kann man wirklich
glauben, daß eine solche Veränderung in den letzten 16 Jahren
eingetreten ist? Möglich allerdings, daß diese Frage von dem
Einen oder Andren bejaht wird. Möglich auch, ja gewiß, daß
Geib's Ansicht nicht von Allen getheilt wird. Aber Jeder, auch
der von der Nothwendigkeit der Abschaffung der Todesstrafe in-
nigst überzeugte, der nicht ohne Weiteres und ohne gewissenhafte
Prüfung in das Geheul der Tagesmeinung einstimmen will, der
nicht den von Geib an andrer Stelle charakterisirten Raisonneu-
ren gleicht, sondern der in wissenschaftlichem Ernst auch des Gegners Gründe unbefangen prüft und nicht in der vorher gefaßten
Absicht, sie um jeden Preis zu verwerfen und zu bekämpfen, sondern im Streben nach Wahrheit entschlossen ist, sie anzuerkennen,
wenn er sie vollwichtiger finden sollte, als die eignen für das
Gegentheil sprechenden; — jeder Solche, auf welcher Seite des
Streits er auch stehen möge, wird Geib's Worte wenigstens einer
ernsten Überlegung werth halten, tausend Mal werther als so
manche jener den Gegenstand behandelnden Monographieen, zu
denen Geib's kurzes Wort über die Frage sich verhält wie zum
Spreuhaufen das Waizenkorn.

Nicht minder beherzigenswerth ist die kurze Anmerkung, die
Geib über die Freiheitsstrafen macht. Ganz ähnlich wie bei der

Todesstrafe ist man in neuerer Zeit auch hier von einem unberech-
tigten Extrem in's andre gefallen. Anstatt die früheren qua-
lificirten Todesstrafen und die häufige Androhung und Anwendung
dieser Strafart anzugreifen, ist man, von übertriebenem Eifer
fortgerissen, so weit gegangen, Aufhebung der Todesstrafe überhaupt zu verlangen. Anstatt den grausamen und verwerflichen
Strafarten der früheren Zeit und den unpassenden Einrichtungen
der Strafanstalten entgegenzutreten und sich, wie angemessen, zu
begnügen, ein entschiedenes Indenvordergrundstellen der Freiheitsstrafen als der am häufigsten, ja geradezu als der eigentlich
regelmäßig anzuwendenden und zwar in paßender humaner, womöglich bessernder Weise anzuwendenden Strafart zu verlangen,
ist man auch hier in einem ebenfalls übertriebenen Eifer, gleichsam
in der Hitze des Gefechtes, zu den allerübertriebensten und schäd-
lichsten Forderungen gekommen. Dem aber, dieser in verschwom-
mene Weichlichkeit ausgearteten, nicht ächten Humanität, diesen
geradezu frivolen Übertreibungen wie allem gefährlichen Experimentiren auf diesem Gebiete muß mit Entschiedenheit entgegenge-
treten werden; — und das ist's, was sich als der Kern und Inhalt der Geib'schen Meinung über diesen Punct bezeichnen läßt.
Er sagt, „daß uns, bei der an und für sich höchst erfreulichen allgemeinen Theilnahme an der Frage über die Gefängnißverbesserung
doch allmälig zugleich die Frage sich aufdrängen müsse, ob wir
hier nicht schon zum Extrem gekommen sind, — und ob unser
Streben, Denjenigen, die das Gefängniß verdient haben, doch ja
alle Schonung und Milde angedeihen zu lassen, uns nicht bereits
zu einer Härte und Ungerechtigkeit gegen Diejenigen, welche dasselbe nicht verdient haben, geführt hat. Wenn wir sehen, daß

nicht bloß in theoretischen Erörterungen, sondern selbst in der
Praxis dieses und jenes Landes die Strafgefangenen als die
eigentlichen Schoßkinder der bürgerlichen Gesellschaft betrachtet
werden, als die Bevorzugten, die man gegenüber von allen andren
Staatsangehörigen mit Wohlthaten und Begünstigungen nicht
genug überhäufen zu können meint, wenn wir sehen, daß die Ge-
fängnisse in diesem und jenem Lande so eingerichtet sind, daß sie
ihre Bewohner in eine Lage versetzen, wie sie jedenfalls neun
Zehntheile derselben sich bis dahin kaum in ihren kühnsten Phan-
tasieen zu erträumen gewagt hatten: so ist dieses offenbar eine
Übertreibung, die in unsrem künftigen Recht aufhören muß, wenn
die Freiheitsstrafe nicht zuletzt den ganzen Character einer Strafe
verlieren, und wenn wir nicht, bei der von Jahr zu Jahr wach-
senden Zahl der Verbrecher, am Ende unter dem gleißenden
Scheine der Humanität, zu einer so gut wie völligen Schutzlosig-
keit des Eigenthums und der Person kommen sollen." (p. 160).
Wem diese Worte noch nicht einleuchtend gewesen sind, den werden von ihrer Richtigkeit die neuesten, namentlich die ganz kürzlich
in England mit dem ticket-of-leave-System gemachten Erfahrungen zweifellos überzeugt haben. Die den Schluß des Abschnit-
tes bildenden, übrigens ganz kurzen, Bemerkungen über die andren
Strafarten, über die Bestrafung des Versuchs mit absolut untaug-
lichen Mitteln, über den Einfluß aufgehobener oder verminderter
Zurechnungsfähigkeit auf die Strafbarkeit und über die Berech-
nung des Strafmaaßes bei vorliegender Verbrechensconcurrenz
muß ich, wie gesagt, übergehen. Aber auch sie enthalten bei all'
ihrer Kürze viel Treffendes und Beachtenswerthes ebenso wie das
im vierten Abschnitte „über die Redaction der neuen Gesetzbücher"

Gesagte, was gerade in diesem Augenblick, wo man in Deutschland so ziemlich auf allen Gebieten des Rechts mit der Redaction
von sei es gemeinsamen, sei es particulären Gesetzgebungen beschäftigt ist, in's Auge genommen und was namentlich von keinem der bei diesen Redactionen selbst Beschäftigten ungeprüft
gelassen werden sollte.

Nachdem Geib in diesem Abschnitte sich über die ja auch
schon von Andren hervorgehobenen Schwierigkeiten, die der Legislation aus unsern modernen Repräsentativverfassungen erwach-
sen, ausgesprochen und in dieser Beziehung Vorschläge gemacht
hat, bespricht er die Anforderungen, welche an einen Gesetzgeber
unsrer Tage zu machen seien.

Er verlangt vor Allem, — da das Gesetz nur ein Erzeugniß des Volksbewußtseins, nicht selbst der Erzeuger des Rechts,—
von dem, der als Gesetzgeber auftreten will, daß er vor dem
Rechtsbewußtsein des Volks, vor den in demselben lebenden und
wirkenden Gefühlen und Überzeugungen des Rechts die gebüh-
rende Achtung und so zu sagen eine Art heiliger Scheu empfinde;
sodann die genaueste Kenntniß des einheimischen bestehenden
Rechts in allen seinen Theilen, allerdings nur dieses. Denn das
französische und englische Recht soll, in ebenfalls gründlicher
Kenntniß, nur mitberücksichtigt werden, weil „diese beiden Rechte
jetzt als Factoren unsres neuesten Rechtsbewußtseins erscheinen,
weil sie von dem Geiste unsrer Zeit als die Elemente bezeichnet
sind, die bei der Reform unsres Rechts mitbenutzt werden sollen."
Ich kann hierin mit Geib nicht übereinstimmen und muß vielmehr eine genaue Vergleichung des Rechtszustandes andrer etwa
auf gleicher Bildungs- und Culturstufe stehender Völker für eine

der Hauptaufgaben des Gesetzgebers halten. Gerade für ihn ist die vergleichende Rechtswissenschaft außerordentlich wichtig und seine Aufgabe fördernd. Allerdings wird er ein Spielen und Experimentiren mit dem Rechtsbewußtsein seines Volkes zu vermeiden haben und sich nicht beifallen lassen dürfen, diesem widerstrebende fremdländische Bestimmungen einzuführen. Aber auch ohne das werden die Gesetzgebungen des Auslandes mit großem Nutzen für eine neue inländische Gesetzgebung benutzt werden können, — und daß dem so ist, dafür scheint auch Geib's eignes Verlangen, daß das französische und englische Recht zur Vergleichung herangezogen werden müßten, einen Beweis zu liefern.

Ferner verlangt Geib vom Gesetzgeber eine wissenschaftliche Durchdringung und Beherrschung der ganzen Masse seines Wissens und seiner Erfahrungen, die Fähigkeit, stets den leitenden Gedanken zu finden und festzuhalten; — und endlich, daß er ein Meister seiner Sprache sei: „jene kernige Einfachheit, die wir in den römischen XII Tafelfragmenten, jene sorgfältige Verbannung aller Fremdwörter, die wir in den Arbeiten Schwarzenberg's, jene durchsichtige Klarheit, die wir in den französischen Codes, und vor Allem jene Kürze und Präcision, die, ohne ein Wort zu viel oder zu wenig zu sagen, jeden Begriff mit dem entsprechenden Ausdrucke bezeichnet, und die wir wenigstens in einzelnen unsrer neuesten Schriften in so bewunderungswürdiger Weise erreicht sehen." — das sind die Forderungen, die Geib in dieser Beziehung stellt.

Wie man sieht, eine Reihe weitgehender Forderungen! Und wie Geib selbst sagt, möchten die Männer nicht leicht gefunden werden können, die alle diese Forderungen zu erfüllen im Stande sind. Nun, sie würden für eine Mustergesetzgebung nicht zu schlecht sein und das Ideal einer solchen herstellen können. Giebt es aber solche Männer zur Zeit nicht oder doch nicht in genügender Anzahl, so besitzen wir doch ohne Frage wenigstens Solche, die vollständig genügende Gesetzbücher zu verfassen im Stande sind, wie mehr als eins der bereits zu Stande gekommenen Gesetze, mehr als einer der vorliegenden Entwürfe beweist.

Der Abschnitt schließt mit einer wieder von Geib's scharfem praktischen Blick zeugenden und sehr überzeugend geschriebenen Ausführung, daß die Rheinländer besonders ungeeignet seien, uns als Gesetzesredactoren zu dienen.

Im fünften und letzten Abschnitte des Buches bespricht Geib „die Fortbildung des deutschen Rechtslebens". Daß er schon die demnächstige Fortbildung des Rechts mitberücksichtigt, ehe noch die neuen Gesetzbücher selbst vorhanden sind, erklärt sich daraus, daß er, eingedenk der steten und durch nichts, auch durch kein Gesetz zu hemmenden Fortbildung des Rechts, gerade diejenige Legislation als die bessere bezeichnet, welche schon gleich im Hinblick auf die doch eintretende Veränderung erlassen wird und deshalb selbst schon die Wege angiebt, auf denen jene Veränderung realisirt werden soll. Er kommt deshalb auf die schon früher von ihm verlangte Geschmeidigkeit und Beweglichkeit zurück, die der neuen gemeinsamen Gesetzgebung zu geben sei und ohne welche ihre ganzen Vorzüge gegenüber den Particulargesetzgebungen so ziemlich wieder verloren gehen würden. Er meint, daß diese Eigenschaften sich einer deutschen gemeinsamen Gesetzgebung wohl geben lassen, indem er auch hier bestimmte Vorschläge macht und manchen werthvollen Fingerzeig giebt.

Diese „Reform des deutschen Rechtslebens“, in deren Eingange Geib, wie wir gesehen, es beklagt, durch seinen Beruf vom Vaterlande entfernt zu sein, war das letzte Werk, welches er im Auslande schrieb und veröffentlichte. Denn einige Jahre später, im Herbst 1851 erhielt er einen Ruf an die Universität Tübingen, dem er Folge leistete. Aber auch nach seiner Übersiedelung dahin mußte seine schriftstellerische Thätigkeit, ja seine Thätigkeit überhaupt längere Zeit ruhen. An einer Jahre lang dauernden, in der erwähnten, vom Dekan Georgii gehaltenen Grabrede als „geheimnißvoll und unheimlich“ bezeichneten Krankheit, die in sehr heftigen und gefährlichen Bronchialblutungen bestanden zu haben scheint, lag Geib danieder und war, da er auch nach seiner Wiedergenesung noch der äußersten Schonung bedurfte, von anstrengenderer Thätigkeit zu seinem größten Leidwesen noch lange Zeit zurückgehalten. So konnte er auch erst im Jahre 1861 wieder als Schriftsteller auftreten. Wenn er aber, nachdem auch die Nachwehen jener Krankheit verschwunden waren, sich nun nicht nur besonders heiter und wohl, sondern auch kräftiger denn je und gleichsam, wie er zu sagen pflegte, verjüngt fühlte, so können wir auf Grund der 1861 veröffentlichten literarischen Leistung ihm das vollständig nachfühlen. Denn diese ist in der That ein schlagender Beweis für seine durch die Krankheit nicht gebrochene, sondern eher nach Überwindung dieser noch gehobene und gleichsam verjüngte Arbeits- und Leistungsfähigkeit: sie besteht in nichts Geringerem als in dem ersten Bande des schon erwähnten Lehrbuchs des deutschen Strafrechts, dem 1862 der von gleicher Kraft zeugende zweite Band folgte, — beide in Leipzig bei Hirzel erschienen, mit dem Geib schon seit längerer Zeit auch persönlich bekannt und befreundet war.

Die Vorarbeiten zu diesen beiden Bänden, welche bereits großen Nutzen gestiftet und der Verehrer und Bewunderer schon viele gefunden haben, sind nicht minder großartig und umfassend gewesen als die zu der Geschichte des römischen Criminalprocesßes gewesen waren. Unermüdlich mit strengster Gewissenhaftigkeit, ohne auch „das Unnütze zu ignoriren", las und prüfte, sammelte und sichtete Geib für sein Werk, das ihn von seiner Übersiedelung nach Tübingen bis zum Erscheinen des Buches, abgesehen von der durch die längere Krankheit herbeigeführten Unterbrechung, unausgesetzt und ausschließlich beschäftigte. Nach allen Richtungen hin durchforschte er die Quellen, studirte er die Litteratur. Von dem aber, was er geleistet, gilt in vollem Maaße dasjenige, was ich oben über Geib's Geschichte des römischen Criminalprocesßes und seine ganze wissenschaftliche Art überhaupt gesagt habe: auch die beiden erschienenen Bände des Lehrbuches sind ein wahres Muster liebevoller Hingabe an die unternommene Arbeit, gründlicher Durchforschung des gesammten Materials, vollständiger Beherrschung und geschickter Vertheilung desselben, meisterhafter Handhabung des ganzen wissenschaftlichen Apparates. Durch die ganze Geschichte

(A. Einleitung. B. Römisches Recht. Erste Periode: von der Gründung des römischen Staats bis zu den Quästiones Perpetuä. Zweite Periode: Die Zeit der Quästiones Perpetuä. Dritte Periode: von dem Untergange der Quästiones Perpetuä bis zum Tode Justinians. C. Canonisches Recht. D. Deutsches Recht. Erste Periode: von der ältesten

Zeit bis zu dem Untergange der Volksrechte. Zweite
Periode: von dem Untergange der Volksrechte bis zum
Eindringen des römischen und canonischen Rechts. Dritte
Periode: von dem Eindringen des römischen und canonischen
Rechts bis gegen die Mitte des achtzehnten Jahrhunderts,
und zwar I. die Zeit vor den Schwarzenberg'schen Arbeiten,
II. die Schwarzenberg'schen Arbeiten, III. die Zeit nach den
Schwarzenberg'schen Arbeiten. Vierte Periode: von der
Mitte des achtzehnten Jahrhunderts bis auf die neueste Zeit;
und das ganze System des allgemeinen Theils
(Einleitung: Name, Begriff, encyclopädische Stellung, öffent-
licher Character, Eintheilungen, Quellen, Literatur, Methode der Behandlung des Strafrechts. Erste Abtheilung:
Strafgesetz. Zweite Abtheilung: Verbrechen, und zwar
I. Begriff, Eintheilung, Erfordernisse und Aufhebungsgründe
des Verbrechens. II. Modalitäten des Verbrechens [dolus
culpa, Versuch und Vollendung, Thäterschaft, Theilnahme
und Begünstigung]. Dritte Abtheilung: Strafe)
hiedurch wird jede irgend wichtige Frage angeregt und wenn, —
was absichtlich nicht geschehen, sondern dem mündlichen Vortrage
vorbehalten bleiben sollte, — nicht eingehend besprochen, so doch
zur Prüfung und Besprechung scharf disponirt; und zugleich werden mit sorgfältigster Auswahl des Besten und Brauchbarsten die
Gesetzesstellen und Schriften angeführt, deren Studium der
Lösung der Frage zum Grunde zu legen ist.

Daß ich, trotz meiner hohen Anerkennung auch dieses
Geib'schen Werkes, nicht die Beantwortung einer jeden Frage,
wie Geib sie giebt, ohne Weiteres unterschreibe; daß ich auch dem

Meister gegenüber hier oder da andrer Ansicht zu sein durch meine
Überzeugung gezwungen werde; daß ich die systematische Anord-
nung nicht in allen Beziehungen für richtig halten kann, — das
ist natürlich ja nicht ausgeschlossen. Auch das muß ich freimüthig
und zu Ehren der Wahrheit, — die auch der Todte höher stellte
als die unbedingte Aufrechterhaltung seiner, allerdings immer erst
nach gründlichem Prüfen und Überlegen gefaßten und deshalb nie
leichthin wieder aufgegebenen, eignen Meinung, — auch das
muß ich bekennen, daß ich Geib's Lehrbuch für die Erreichung des
Zweckes, den es zunächst erstrebt, für weniger geeignet halte, —
nämlich für die Erreichung des akademischen Lehrzweckes. So
nützlich, ja so geradezu unentbehrlich dieses Buch auch dem Reise-
ren ist, so lebhaft es auch schon Demjenigen, der zum ersten Male
Vorlesungen über Criminalrecht hört, für ein späteres gründliche-
res und selbstständigeres Studium empfohlen werden muß und so
gewiß es schon bei den ersten Vorlesungen hier und da zu citiren
und vom Vortragenden durchweg zu benutzen ist; so wenig geeignet kann ich es erachten, dem Studenten als erster Leitfaden zur
ersten Einführung in die Strafrechtswissenschaft in die Hand gegeben zu werden. Dazu ist es zu ausführlich, zu umfänglich, ich
darf sagen, zu gelehrt: es setzt für den Anfänger, der noch nichts
vom Strafrecht gehört hat und zuerst in dasselbe eingeführt werden soll, zu viel voraus. Die Anlage des Ganzen scheint mir
deshalb auch kaum mit den ursprünglichen Ideen, die Geib früher (vgl. seine erste Abhandlung im Archiv, Jahrgang 1836;
namentlich p. 193 und 194) über die Einrichtung eines Lehrbuchs des Strafrechts hatte, ganz im Einklang zu stehen.

Jedenfalls müßte derjenige Criminalrechtslehrer, der dieses

Geib'sche Lehrbuch seinen Vorlesungen über Criminalrecht mit Nutzen und Erfolg zum Grunde legen wollte, eine ganz andre Art von Vorlesungen über Strafrecht und diese in einer viel größeren Anzahl von Stunden halten, als bis jetzt üblich und als am Ende zu rechtfertigen ist. Und der Student, der auf Grundlage dieses Buches mit Nutzen und Erfolg in das Strafrecht sich einführen lassen und seine ersten Studien auf diesem Gebiete machen wollte, würde ein ganz andres und ungleich mehr Zeit in Anspruch nehmendes Studium auf diesen Zweig seiner Wissenschaft verwenden müssen, als sich irgend erwarten und als sich zur Zeit billiger Weise verlangen läßt. Für das Erstere hat Geib selbst bei seinen Lebzeiten den Beweis geliefert. Er las nämlich, in den letzten Jahren wenigstens, das Criminalrecht nicht weniger als elfstündig; und mit einer geringeren Zahl von Stunden kann man, Geib's Lehrbuch zum Grunde legend, in der That nicht fertig werden. Wie aber die Verhältnisse liegen, kann ich es nicht für richtig halten, den Vorlesungen über Strafrecht eine so große Anzahl von Stunden zu widmen. Es würde das entweder eine nicht zu vertheidigende Einschränkung der andren Disciplinen oder eine Verlängerung der akademischen Studienzeit bedingen. Will man aber auch die letztere empfehlen und die allerdings an sich nicht ohne Berechtigung zu stellende Forderung aufstellen, daß die Zahl der den Vorlesungen über Strafrecht einzuräumenden Stunden, damit dieses nicht wie bisher neben dem in einer ganzen Reihe verschiedener Vorlesungen cultivirten Civilrecht allzu stiefmütterlich behandelt werde, erheblich vermehrt werden müßten, — viel ließe sich hier schon gut machen, wenn manche allgemeinere Vorlesungen, wie z. B. die über Rechtsgeschichte, mehr als vielfach üblich

und weniger als verlangt werden dürfte, das Strafrecht berück-
sichtigten, — so würde damit doch noch nicht bewiesen sein, daß
man Recht thäte, dem Anfänger zu allererst Geib's Lehrbuch in
die Hand zu geben. Es würde vielmehr in diesem Falle noch
fraglich bleiben, ob es nicht richtiger und consequenter sei, zu for-
dern, daß dann zuerst ein einleitendes criminalistisches Colleg,
eine Art von Institutionen des Strafrechts gelesen werden müßte,
— und im Falle der Bejahung dieser Frage wäre Geib's Buch
als erstes Einführungs- und Lehrbuch doch ausgeschlossen. Übrigens widmete Geib mit vollem Bewußtsein seinen Vorlesungen
eine größere Stundenzahl; das unwillkürlich zu thun und unüber-
legt langsamer gehend, als er eigentlich wollte, war er nicht der
Mann: schon 1836 (Archiv p. 228) sprach er es aus, daß die
Zahl der den Vorträgen über Strafrecht zu widmenden Stunden
vermehrt werden müsse.

Jedenfalls wird man darin mit mir übereinstimmen, daß es
ja gar nicht der Zweck der Vorlesungen ist, den die Universität
verlassenden jungen Mann als fertigen Juristen hinzustellen und
ihn alle einzelnen Disciplinen bis zum Grunde und in die Tiefen
der Wissenschaft erschöpfen zu lassen, und es wird deshalb bei
dem, was ich über Geib's Buch als den Anfänger in das Strafrecht zuerst einführendes Lehrbuch gesagt habe, bleiben müssen.

Aber wenn nicht ein für den ersten akademischen Unterricht
passendes Lehr- und Lernbuch, nicht für den Anfänger und die erste
Einführung der Studirenden in die Strafrechtswissenschaft, so ist
das Geib'sche Werk im eminenten Sinne ein Lehrbuch für den
Reiferen und Fortgeschritteneren. Ja, mehr, es ist ein Lehrbuch
für den Mann vom Fach, für den Mann der Wissenschaft und den

Gelehrten selbst, und zwar, wieder ebenso wie Geib's Geschichte des römischen Criminalproceßes, in einer zwiefachen Beziehung. Sowohl die musterhafte Gründlichkeit und ächt wissenschaftliche Art der Arbeit und Behandlung kann allen im Dienste der Wissenschaft Stehenden als ein hellleuchtendes Beispiel dienen, als auch aus der überreichen Fülle des gegebenen positiven Lehrstoffes und seinen Belegen auch der Mann vom Fach noch immer lernen kann. Deshalb aber hat Geib eine viel schwierigere, ungleich mehr Kenntnisse und Arbeit, Geist und Bedeutung fordernde Aufgabe als die, ein bloß einleitendes, den Anfänger zuerst in die Wissenschaft einführendes Lehrbuch zu schreiben, gelöst: er hat ein Buch geschrieben, welches für die Gelehrten selbst als Lehrbuch dienen kann; ein Buch, welches, wie ein neuerer Criminalist sagt, eine jeden Deutschen zum Stolz berechtigende „Schatzgrube wohlgeordneter und verarbeiteter deutscher Gelehrsamkeit ist, zu der man immer mit neuer Freude zurückkehrt"; ein Buch endlich welches für alle Zeiten ein überaus ehrenvolles, ein hellleuchtendes Denkmal deutscher Wissenschaft und Wissenschaftlichkeit bleiben wird. Geib hat den von der deutschen Wissenschaft aufgeführten Prachtbau durch dieses Buch ein gutes Stück gefördert!

Daß er ihn nicht so weit gefördert hat, als so sehr zu wünschen gewesen wäre, sagte ich schon oben. Den dritten Band des Lehrbuchs, welcher den speciellen Theil des Strafrechts enthalten sollte, uns zu geben, ist Geib nicht mehr vergönnt gewesen. Allerdings hatte er selbst, da dem dringendsten Bedürfnisse für seine Vorlesungen schon durch die bisher erschienenen Theile genügt sei, angekündigt, daß in jedem Falle bis zum Erscheinen des dritten eine Pause eintreten würde ,s. die Vorrede zum zweiten Theile). Der Verleger des Lehrbuchs sagt mir, daß Geib wenigstens zu einer baldigen Bearbeitung des dritten Theiles wenig geneigt geschienen habe, und in Geib's litterarischem Nachlasse finden sich nur sehr geringe Vorarbeiten für diesen dritten Theil. Trotzdem aber wäre die Hoffnung, daß er bei längerem Leben mit der Zeit sein Werk vollendet hätte, gewiß nicht getäuscht worden.

Geib scheint sich in seiner letzten Lebenszeit mit einer Abhandlung über die Auffassung der Injurie in der antiken Welt beschäftigt zu haben, zu welchem Zwecke er die alten Schriftsteller zu durchforschen begonnen und zum Theil, so Sophokles, Aristophanes, Plautus und Andre, bereits erschöpft hatte. Er war auf diese Arbeit durch eine akademische Rede, die er als Rector bei einer Preisvertheilung zu halten hatte, geführt worden. Auch auf andere Gegenstände sich beziehende Vorarbeiten, sowie bereits beendigte Ausarbeitungen, z. B. eine Rede über das Verhältniß der Particulargesetzgebungen zum gemeinen Recht, gehalten bei Übernahme der Professur in Tübingen, desgleichen verschiedene ganz neu um- und ganz fertig ausgearbeitete Collegienhefte finden sich in Geib's literarischem Nachlaß. Leider dürfen wir aber eine Veröffentlichung dieser hinterlassenen literarischen Schätze, deren Vorhandensein uns die rastlose und ununterbrochene Thätigkeit Geib's bis an sein Ende beweist, zufolge eines bestimmt ausgesprochenen Wunsches des Entschlafenen, der nichts, was er nicht selbst druckfertig gemacht hatte, veröffentlicht wissen wollte, nicht erwarten.

Dagegen habe ich noch einige kleinere, zu speciellen Zwecken geschriebene Arbeiten Geib's, die im Druck erschienen, aber im

Vorstehenden nicht mit besprochen sind, jetzt wenigstens anzuführen, erstens nämlich einen Nekrolog, den er im Neuen Nekrolog der
Deutschen, 12. Jahrg. 1834, Weimar 1836 (b. Fr. Voigt) seinem
verstorbenen Bruder, dem Zweibrücker Advokaten, schrieb; zweitens
eine in den Kritischen Jahrbüchern für deutsche Rechtswissenschaft
von Richter und Schneider, 8. Jahrgang 1844 p. 97—139
sich findende Besprechung des 1843 erschienenen (Carlsruhe, Biele-
feld) Buches von Fölix „über Mündlichkeit und Öffentlichkeit,
dann über das Geschworenengericht", worin Geib unter vielfachen
eigenen Ausführungen den von dem Verfasser gefundenen Resultaten durchweg beistimmt und sich für die Mündlichkeit, aber gegen
die Öffentlichkeit sowohl in Criminal- als Civilsachen und gegen
die Schwurgerichte mit großer Entschiedenheit erklärt. In Beziehung auf die beiden letzten Puncte hat Geib später (in der Reform des deutschen Rechtslebens) seine Ansicht mehr oder weniger
modificirt, und noch entschiedener wird dieselbe bekanntlich von
vielen Andern verworfen. Aber auch für das in jener Besprechung
Ausgeführte gilt wieder im vollsten Maaße, daß auch der Gegner
die ruhige und klare, die durchdachte und kenntnißreiche Begründung der Geib'schen Ansicht anerkennen muß. Drittens endlich
ist zu nennen ein Rechtsgutachten in Untersuchungssachen gegen
Leodegar Oswald, Fürsprech in Willisau, Kt. Luzern, betreffend
Beleidigung, Verläumdung, Betrug, Aufreizung, Zürich 1850.

An äußeren Anerkennungen und Ehrenbezeugungen fehlte es
Geib in Tübingen nicht. Für das Studienjahr 1862—1863
ward er zum Rector der Universität gewählt, und im September
1862 verlieh ihm der König das Ritterkreuz des würtembergischen
Kronenordens. Den mit der letzteren Auszeichnung verbundenen

persönlichen Adel führte Geib nicht, wie überhaupt äußere Ehrenbezeugungen keinen Werth für ihn hatten. Für die höchste Ehre
hielt er es, Lehrer der Wissenschaft zu sein. Er war so erfüllt von
seinem akademischen und wissenschaftlichen Berufe, daß er es gar
nicht verstehen zu können erklärte, wie Jemand, der diesen Beruf
ergriffen, sich nach äußeren Auszeichnungen und nach andern,
wenn auch äußerlich noch so glänzenden, Stellungen sehnen könne.
Wenn das von Andern geschah, hielt er es für einen Beweis, daß
der wahre Gelehrten- und Lehrerberuf fehle. Desto empfänglicher
war Geib, zu dessen Hauptcharakterzügen überhaupt ein edler,
von jeder Eitelkeit entfernte Stolz gehörte, für Anerkennungen seiner Leistungen, die ihm von sachverständiger Seite zugin-
gen, ohne durch oberflächlich absprechende Kritik sich kränken zu
lassen. Daß es ihm aber auch an solchen Anerkennungen nicht
gefehlt hat, würden wir annehmen dürfen, auch wenn es uns nicht
aus öffentlichen Besprechungen und Anerkennungen seiner Werke
zum Theil bekannt wäre.

Seinem Rectorate stand er mit großem Interesse und unter
geschicktester Leitung der Geschäfte vor. Er wirkte mit aller Kraft
für die Blüthe und den höhern Aufschwung der Universität und
freute sich in hohem Grade über den öftern directen Verkehr mit
der akademischen Jugend, für die er, seiner Zeit selbst ein lebens-
lustiger Student, auch Senior der münchner Allemannen, und voll
angenehmer Erinnerungen an seine Studentenzeit, ein warmes
Interesse in allen Beziehungen bewahrt hatte.

Auch in den geselligen Kreisen Tübingen's, wie früher in denen Zürich's, war Geib geschätzt und beliebt. Schon seine äußere
Erscheinung, die hohe, breite Stirn, die lebhaften Augen und das

ausbrucksvolle Mienenspiel machten einen geistig-bedeutenden Ein-
bruck, und durch seine Kenntnisse und seine Reisen, durch seine Belesenheit in der schönen Litteratur und sein, — auch Geib's
Mutter und Geschwistern eigenes, — ausgezeichnetes Gedächtniß,
das ihm Gedichte und Stellen aus allen Schriftstellern, die er je
im Leben gelesen hatte, stets zu Gebote sein und in theils ernster,
theils scherzhafter Beziehung vielfach citiren ließ; durch seine
Lebendigkeit und seinen Witz, sowie durch seinen gleichmäßig
wachen Humor, der auf Alles einging und das Alltagsleben aus
seinem trivialen Gange zu ziehen wußte, war er befähigt, allen
Arten der Unterhaltung gerecht zu werden, und pflegte im geselligen Zusammensein den Mittelpunct desselben zu bilden. Zwar
urtheilte er, wie in seinen Schriften, so auch im Gespräch voll
Strenge über Andre. Zwar konnte er seine Meinung wohl einigermaßen scharf und starr vertheidigen. Zwar konnte sein Witz
wohl satirisch werden. Zu alle dem aber war der Mann, der gegen
sich selbst die größte Strenge beobachtete und sich selbst in allen
Dingen die höchsten Ziele setzte und dessen Meinungen und
Aussprüche immer auf gründlicher und sachverständiger Prüfung
beruhten, nicht nur berechtigt, sondern es arteten auch sein stren-
ges Urtheil, sein entschiedenes Vertheidigen seiner Meinung und
sein oft scharfer Witz niemals in Lieblosigkeit oder Härte aus und
hatten nie ihren Ursprung in herzlosem oder malitiösem Sinn.
Denn Geib's Herz war, was eben in Folge seines entschiedenen
Urtheils und seines wohl satirischen Witzes von Solchen, die ihn
nicht näher kannten oder nicht verstanden und über der Schale
den Kern, über dem übermüthig erscheinenden Scherze die innere,
nie verletzen wollende Herzensgüte übersahen, oder die einer ge-

7 *

wiſſen Reizbarkeit, die ihn nach ſeiner großen Krankheit ergriffen, keine Rechnung trugen, wohl verkannt worden iſt, im Grunde ſo weich wie ſein Verſtand ſcharf; und wenn ihm ſchon von der durch ächte Weiblichkeit ausgezeichneten Mutter ein kindlich-frommer Glaube feſt eingeprägt war, ſo giebt ihm auch ſein Seelſorger (in der erwähnten Grabrede) das Zeugniß ächter Frömmigkeit und kindlicher Demuth. Er gehörte zu den ſeltenen Leuten, bei denen der ſcharfe Verſtand und das tiefe Gemüth ſich harmoniſch durch-dringen. Als auf der Rückfahrt von Griechenland an einem Schiffsjungen die Prügelſtrafe vollſtreckt wurde, ward Geib in unvergeßliche Aufregung verſetzt und verbarg ſich im äußerſten Winkel des Schiffes, um nur die herzzerreißenden Schmerzenstöne des Unglücklichen nicht zu hören, und begriff die Rohheit Derer nicht, die aus Neugierde oder aus anderen Gründen dieſes Schau-ſpiel auch nur anſehen konnten; und Die, die Geib im Leben am nächſten geſtanden und ihn wohl von Allen am beſten ge- und erkannt hat, ſchreibt mir, daß der ſchon in feſter, und ja in be-ſonders feſter Männlichkeit Daſtehende wohl im Stande geweſen wäre, vorkommenden Falles noch ebenſo zu handeln wie einſt der ſchon reife Jüngling, der eine Anzahl junger Enten, denen die Alte geſtorben, ſorgſam pflegte und aufzog, ſo daß ſpäter die Thiere ihm nachliefen wie treue Hunde.

 Auch das Geib'ſche Familienleben wurde von dem innigſten und wahrhaft veredelnden Bande ehelicher und elterlicher Liebe umſchlungen; und an ſeinem alten Vater, wie an den überleben-den Geſchwiſtern hing Geib mit der herzlichſten Pietät, wie auch die Beziehungen zu ſeiner Mutter bis an deren Lebensende die innigſten und edelſten geweſen waren.

So, noch in rüstigem Alter stehend, in voller vielgeliebter Thätigkeit schaffend und wirkend, äußere wie innere Anerkennung in reichem Maaße findend, innig zufrieden mit seinem Berufe, in den angenehmsten Verhältnissen lebend, aller Orten geehrt, geachtet, geliebt, ereilte ihn der Tod. Obwohl von Haus aus nicht kränklich und groß und schlank gebaut, war er doch von zarter Natur, und die oft übertriebene Anstrengung bei seinen Arbeiten und sein allzulebhafter Geist wirkten aufreibend auf den der Schonung und Ruhe mehr bedürftigen Körper. Eine in Tübingen grassirende, auch im Geib'schen Hause umgehende Grippe, die sich bei ihm auf Lunge und Herz warf, rafften ihn dahin. Er starb am 23. März 1864 im 56. Jahre seines Alters, im 28. seiner Docententhätigkeit, im 12. seiner Tübinger Stellung.

Bis zum letzten Athemzuge seines Lebens bewahrte er die ganze Festigkeit und Klarheit des Geistes, die ihn auszeichneten. Mit wunderbarer Ruhe hatte er vom Anfange seiner letzten Krankheit an vorausgesagt, daß sie ihm den Tod bringen würde. Mit eben solcher Ruhe ordnete er seine irdischen Angelegenheiten, recapitulirte sein ganzes Leben, tröstete und richtete auf und sah fast freudig dem Tode entgegen. Nur das Erlöschen der Sehkraft, welches ganz kurz vor seinem Tode eintrat, war ihm sehr hart. Er ließ noch Versuche mit angezündeten Lichtern machen, die er noch sah, die ihm aber nichts mehr erleuchteten. Aber nur etwa eine kleine Viertelstunde brauchte er in diesem Zustande zu bleiben. Nachdem er bei fast schon erstarrtem Körper, mit kaum vernehmbarer Stimme seiner Gattin noch Einiges vollständig zusammenhängend dictirt hatte, was dieser eine Mühe abnehmen sollte, wurden die Worte eines letzten Gebetes undeutlich, — und er hatte vollendet. —

Sein Andenken aber wird wie von seiner Familie und seinen
Freunden, so auch von der Wissenschaft treu und pietätsvoll bewahrt werden. Seine Werke werden den Ruhm seines Namens
für alle Zukunft aufrecht erhalten; und als ein Muster und eifrig-
stem Nachstreben werthes Beispiel wird allezeit seine treue und ehren-
hafte Gewissenhaftigkeit und strenge Berufstreue, seine ihn durch
und durch erfüllende Liebe zu seinem Berufe dastehen, — diese
Gewissenhaftigkeit im weitesten Sinne des Wortes, die ihm schon
als Knabe im elterlichen Hause für Alles, was er unternahm, auch
für das kleinste Geschäft, das ihm oblag, fest eingeimpft war;
diese Gewissenhaftigkeit, mit der er zwar nicht rasch, aber mit
ganzer Spannkraft und eherner Consequenz sich auf einen **Punct**
richtend arbeitete, und die ihm, fest und männlich, alle persönlichen
Rücksichten, Charakterlosigkeiten und Inconsequenzen verhaßt machte;
diese Gewissenhaftigkeit und Berufsfreudigkeit, die wir nicht nur
in allen seinen Büchern kennen gelernt haben und die ihn auch
die endlich nach sorgfältigstem Prüfen und Wiederprüfen gedruckte
Arbeit nie abschließen ließ, so daß sich in den durchschossenen
Handexemplaren aller seiner Werke durchgehende Zusätze und Ver-
besserungen finden, sondern die ihn auch bei allen seinen andern
Arbeiten und Berufsgeschäften erfüllte, die ihn fortwährend namentlich mit stetem Durchdenken und Überarbeiten seiner Vorlesungen beschäftigt sein und die ihn verstimmt aus der Vorlesung kommen ließ, wenn ihm selbst irgend eine Auseinandersetzung weniger
klar vorgekommen war, als er sie gewünscht und vorbereitet hatte,
oder wenn er glaubte, daß die Zuhörer ihn nicht ganz verstanden
hätten, in welchem Falle er die Schuld immer sich selbst gab. An
seinen Collegienheften arbeitete er fortwährend und nutzte nach-

tragend jeden neuen Gedanken, jede aus seiner Lectüre oder seinen sonstigen Arbeiten für die Vorlesungen sich irgend ergebenden Gewinn, so daß seine Collegienhefte in Folge dieses ununterbrochenen Nachtragens und Besserns sich vielfach wie ein bunter Mosaik rother und schwarzer Zeichen mit eingeschriebenen Nachträgen ausnahmen.˙ Auch eine seiner letzten, nicht ganz vollendeten Arbeiten, ein Urtheil für das Spruchcollegium, veranlaßten ihn noch zu kleinen Nachträgen, die er, schon auf dem Krankenlager, seiner Gattin dictirte, um sie später in das Collegienheft einzutragen. Große Freude machte es ihm, wenn die sorgsame Bearbeitung seiner Vorlesungen und sein lebendiger und gewandter Vortrag bei der akademischen Jugend Anerkennung fanden; und am Schlusse eines jeden Semesters beklagte er es, daß der Verkehr mit den Studenten nun wieder unterbrochen werde. Jede Spruchsache, das unwichtigste Examensurtheil arbeitete er mit derselben Gewissenhaftigkeit und Gründlichkeit wie die schwierigste wissenschaftliche Frage.

Diese allerstrengste Gewissenhaftigkeit aber, dieses seiner Wissenschaft und seinem Berufe so liebevoll Anhangen, daß er mit seinem ganzen Sein und Denken darin gleichsam aufging, sind es auch, die Geib so groß gemacht haben. Ohne sie hätte er in der von ihm eingeschlagenen, durchweg auf classischer Bildung beruhenden Richtung nicht so Vollendetes leisten können, als er wirklich gethan. Ohne sie wäre er nicht geworden, was er wirklich geworden ist, — das Muster eines ächten deutschen Gelehrten, in dem sich alle Haupteigenschaften eines solchen, die gründliche classische Bildung, der eiserne Fleiß, die selbstständige historische Forschung, die gehörige Anerkennung der Philosophie (vgl. z. B. im Archiv

die Abhandlung über die Grenze zwischen civilrechtlichem und criminellem Betrug), das ganz seinem Berufe und der Wissenschaft
Leben und das gediegene productive, auch die praktischen Bedürfnisse des Lebens nicht übersehende, Schaffen harmonisch ver-
einigen.

Berichtigung.

Der von der gewöhnlichen, das „h" hinter dem „t" fortlassenden Schreibweise des
Verfassers abweichende Druck erklärt sich durch ein dem vom Druckort entfernten Verfasser zu spät bekannt gewordenes Mißverständniß. Eben daraus entstandene Inconsequenzen der Schreibweise (z. B. S. 9 Z. 13) wolle der gütige Leser entschuldigen.